"十三五"国家重点出版物出版规划项目

女儿桥

〔巴勒斯坦〕哈桑·哈米德 著
林圭民 陈春霞 译

华文出版社
SINO-CULTURE PRESS

جسر بنات يعقوب

حسن حميد

特别说明

这本书从祖上传到我手里隔了十三代。由于偶然的机会，人们在我第十四代爷爷的书柜里发现了这本书。这位爷爷是著名的学者，名叫伊勒雅斯·沙曼祖理，生活在十三世纪的马穆鲁克时代。

书中记载的是移民叶尔孤白和他女儿们的历史事迹。他们居住在靠近舍马绥奈村横跨约旦河的一座桥附近。这座桥后来就叫叶尔孤白女儿桥（其中的原因我们后面将会知道）。村里的乡亲们说阿拉米语。村东南是塔卜理亚村，以其宽广的湖面、温暖的气候和性情温和的村民而闻名。

当被问及是谁记录了这本书时，没有一个祖先能肯定地回答是沙曼祖理爷爷——那位著名的学者亲笔写下了叶尔孤白和他的女儿们的生平。所以，比较好的说法是我们祖先中的一个爷爷记录了这些生平，而我们的沙曼祖理爷爷的功劳就在于保存了它，使之免遭丢失、散佚及时光的侵蚀。

书到了我手里以后，我做了很多工作。对叶尔孤白和他女儿们的事迹做了删改和修订，首先因为其中的细节烦琐，事情很怪异，令人惊讶；其次是因为里头有很多令人茫然、令人惊讶的性冒险。当我完成了我的目标以后，我发现自己把故事全都破坏了，我毁坏了它精细的结构，使之失去了活力，失去了美感。于是，我回过头来，又对故事进行了第二轮、第三轮……第十轮的工作，每当我达到结尾的时候，我像读者一样复习一遍，发现原始的版本是最美的、最绮丽的、最有价值的、也是最引人入胜的。我的工作使作品的内部建构受到了动摇。因此，过了很多年以后，经过了很多的努力，经过多次交换意见和长篇的对话之后，我坚定了一个信念，那就是原封不动、一字不漏地发表这个故事，保留它的完整，保留所有的细节，保留页边的空白、注释和附加的意见。

今天，我将叶尔孤白和他女儿们的故事完整地发表出来，我想肯定的是，我没有往故事中加进一个字母，我把它拿出来的样子，正如它到了我手里时的样子。它是通过我爷爷伊勒雅斯·沙曼祖理（愿安拉怜悯他！喜爱他！）传到我这里的。我们能够学到一些东西，能读书，会写字，以至于后来阅读和写作成为我们的一种职业，我们也因此被人们所熟知，这些功劳都要归于他。

我所做的唯一的一件事，也是我完全满意的一件事，是将我爷爷在附件里所推崇的内容提前录入书的前部分。因为我相信，如果把它留在书的末尾，就起不到预期的效果。这个附件，它不是对所发生的事情的一个概括，不是一种结果，也不是一种领悟，而是对后来所要来临的各种事情、将要发生的突发事件和人们夜间产生并期待成为现实的种种梦想和兴致的一种铺垫。而这种铺垫不会破坏事件现场的生动性，也不会损害情节展开的壮丽和完美，不会时间未到就揭开人物温和或凶残的性格。这样的一种铺垫有很多模棱两可的东西，有很多的对话，为词汇充分表达意义做了很多努力。这样的一种铺垫所努力要达到的意义，不仅发生在叙述开始之前，也发生在结束之后。

目录

一　修道院和修道士 / 001
二　汉纳：禁忌的苦果 / 009
三　修女们 / 027
　　玛丽娅 / 025
　　索菲娅 / 040
　　玛尔佳娜 / 049

第一卷　牺牲·一 / 059
第二卷　牺牲·二 / 077
第三卷　复　元 / 103
第四卷　亲　戚 / 119
第五卷　浴　泉 / 135
第六卷　墙 / 151
第七卷　恸　哭 / 169
第八卷　同　意 / 193
第九卷　心情愉快的一天 / 207

第十卷 火 焰 / 231

第十一卷 大拿叶尔孤白 / 239

第十二卷 叶尔孤白之死 / 245

第十三卷 胎 儿 / 249

一　修道院和修道士

绿树成荫的山顶上，古老修道院的屋脊俯瞰着下面的舍马绥奈村。修道院掩映在繁茂树林之中，那红砖的颜色使它像一轮红日，越过树林中间的缝隙，柔顺地、充满温情地照向村庄，带来一丝丝的绿意和凉爽的气息。

整座山就是一片墨绿色的森林，山间小道崎岖蜿蜒而上，枝头遍布鸟巢，小鸟的鸣啭交相呼应，玫瑰与荆棘毗邻而居，清澈的山泉在山涧欢流，汇成熟悉的乐音，没有野兽的吼叫声混杂其间，没有樵夫砍柴的声音破坏它的和谐，没有猎人的枪声扰乱它的平静。一个自在的第一流的世界，地上常青的绿草，犹如一张地毯，到处是参天的大树，形状各异，青翠绚丽；美丽的彩云，仿佛半透明的帷帐，轻飘飘地垂挂在天空中。

修道院里，黑石砌起的墙，高高的窗棂漆成了白色，猩红的窗帘，三角形的屋顶上红砖交相错杂，宛如亲密的朋友相拥相抱，黑魆魆的大铁门又高又宽。宽敞的大厅，数目众多的房间，还有圣餐台和一个个座位，咖啡色的木板油光铮亮，仿佛被油漆刷过的样子，里面的一扇扇窗户嵌在墙上，装在窗扇里的玻璃干干净净，一把把椅子，一条条长凳，一个个饭锅和油罐，一尊尊的彩色圣像构造精巧，造型各异，意蕴深远，或沉思出神，或痛苦忧伤，撼动人的内心，也有的圣像如洁白手帕四周精美的刺绣般柔软光滑。

有的房间门户紧闭，有的房间敞开着。这里有藏书室、寝室、起居室，还有一些房间用于储存粮食和生活用品。嵌在墙壁中的巨大的壁炉，硕大的烟囱四四方方，在建筑体中非常显眼。一本本厚书，都是皮质精装，封面五颜六色，黄黄的书页细薄柔滑。或宽或窄的长廊铺着深色的驼毛地毯和羊毛地毯，高高的土灰色天花板上垂下许多缠结在一起的绳子，构成渔网般的形状，宽宽的网格松松地吊着，离屋顶或近或远，与整个建筑不无和谐与亲近。铜制的水壶摆放在各处，有的放在屋墙中间的窗台上，有的放在木制的小茶几上，茶几装饰着手工制作的饰带，旁边是大大小小的各种圆形和圆锥形的高脚杯，还有偏黑或偏墨绿的银色高脚杯。在墙上，有各种铜制的或银制的橱柜，还有铜烛台、木烛台和银烛台，在喜庆的气氛中常常被点亮，微风轻轻吹过时，蜡烛的灯芯随风起舞，暗影飘动，忽高忽低。每当风大的日子，修道院里安静极了，只听见树叶沙沙，昆虫低鸣，流水潺潺，森林中的声响传遍修道院的房间各处，仿佛这些声音来自修道院的内部，非常清晰地在院里不断作响，好像修道院的墙壁不是用密不透风的石头砌成，而只是薄薄的织布！

在修道院边上，是饲养家畜的圈栏，一个用黑色的薄石板铺就的广场，一个储藏谷物、草料和农具的仓库，一辆宽大的木制马车，一些木桶，一个篱笆。附近还有一头骡子、一群绵羊、一只山羊和几只狗，看管这些的是一个身材微胖的男子，长长的黑发，浓密的络腮胡子，还有一副长髯。这男人仿佛一堵墙，体内蕴藏着巨大的力量，在修道院的里里外外执勤做事，他既是门卫，又是厨师；既是饲养员，又是管理员；既是农夫，又是马车夫。他在修道院近处的菜园中种植了薄荷、茴香、罗勒、蔬菜和玫瑰花。这管家在树木繁茂的林子中把自己献给了上帝。这林子里的夜晚黑魆魆的，令人惧怕，白天也是一片孤寂，完全的孤寂。一个沉默寡言的管家，像树林、流水和羊肠小道，只会浅吟低唱，几近忘却了话语。修道院里有三个修士，他除了早晚询问他们的需求或为他们提供服务之外，从来不和他们掺和在一起。他非常熟悉饲料和谷物放置的地方，也十分清楚三个修士的日常需要。他总是不停地来回巡视修道院的面包和葡萄酒、蜡烛和葡萄干，清扫卧室，用锅烧水。他劈柴，把树枝和树干砍成小段，放到锅下和壁炉里做燃料。他在草棚里不知疲倦，不厌其烦地把柴火一块块地码放得整整齐齐。在他身上发生了一件事以后，他就成了一个切断和人们联系的管家，远离人群，一心一意地把自己的生命奉献给修道院。

那时候，即便现在他仍然是一个英俊清秀的小伙子，浑身有力气，却极为顺服。他默默地干着活儿，十分安静。只是偶尔哼唱几声，或低声地自言自语。一双蓝色的大眼睛，观察着他的周围，似乎隐藏着许许多多的秘密。他的嘴紧闭着，上面覆盖着髭须和长髯，掩住了他的面容，只有他的两腮显现出他俊秀的脸庞。他试着散开他的胡子和头发，那头发披散在他宽宽的额头上和双耳后，有时则在脑后绾一个很凸出的大结。

一天早上，他坐在那宽敞的木制马车上，由一个修士陪伴，来到了修道院。马车停在仓库边，和他在一起的，还有他那头咖啡色的骡子。正是这头身材高大、头颅硕大的骡子，载着他和修士，在这弯弯曲曲的山间小道上，穿越了覆盖在山麓的树林，引到修道院里来。马车轮子发出吱吱嘎嘎的响声，传到修道院的三个修士耳朵里，他们一起站在修道院的一个阳台上，俯瞰着下面的山间小径。他们一直等待着马车的到来，看着马车越来越往上走，连骡子喘气的声音和蹄子嘚嘚的响声都能听到。

当他们俩到达修道院，一个身材修长、瘦削的修道士走上前来，打开那黑色的大铁门，面带微笑，彬彬有礼地向他们俩表示欢迎。马车往里进，越过大门，静静地穿过院子，停在仓库旁边。修道士下了车，那个将要成为修道院管家的男人也下了车。矮个子修道士身着绣花黑袍子，胸部以上和袍子下摆都有镂空的刺绣，他走过去，迈向站在大门边的高个子修道士，极为友好地同高个子握手，他们彼此微笑，露出漂亮的脸庞、洁白的牙齿和美丽的双眼。两人一起朝原先站在阳台上的两个修道士走去，那两个修道士也已经迈下楼梯，来到楼底下，矮个子修道士举起他那黑色的圆帽，显得热情而高兴，和他们俩也握了手。

大家都进入客厅，只有那个马车夫还和他的骡子在一起。他解开拴在骡子身上的皮绳和布绳，推开马两侧车的双辕，放到地上，于是车子安安静静地停在那里，骡子抖了抖自己的身子，抖了好几下。每当主人把塞满干草的皮马鞍揭起来，它都要抖一抖。缰绳和马鞍都拿下来以后，骡子就好像光着身子，似乎准备好要进澡堂子。男子拍了拍双手，然后仔细端详着，发现手上还有脏东西粘着，便走向一个灰色的大桶，开始在那里洗手，然后洗了洗脸，用湿湿的双掌抹了抹自己的胡子和头发。他掸了掸衣服上的灰尘，然后脱下鞋子，把里面的土和草秆都倒出来，坐在了墙边的阴凉地，开始细细地打量修道院的一间间房子、仓库和周围环绕的树木，以便尽快熟悉这里环境。没过多久，三个修道士中的一个出来了，向他走来，还没到他跟前，就招手示意，让他进去。修道士转过身，男子跟在后面，俨然一个跟屁虫！

在里面，那个和将要成为修道院管家的男子一起回来的矮个子修道士，正在说服其他三个修道士，要他们接受主的恩赐，即这个强壮的男人。这个男人把自己献给了上帝。人世的生活对他极为残酷，不仅伤害了他，而且令他感到十分迷茫，在经历了一次又一次的考验以后，他抛弃了现世的生活，表现出了自己的忠诚。他已经不再贪恋俗世红尘，而是努力逃避世俗生活。

三个修道士惊讶得眼球都凸了出来，原来上帝的恩赐是一个英俊强壮的男人，有着迷人的外表，正在这时，矮个子修士说道：

> 这是上帝的恩赐，也是一种考验！在一个孤独、遥远的地方，对所有的人都是考验。在这样的一个地方，一半是迷惑，一半是信仰！

三个修士一起摇头，神情不安而惊惧，迷茫而忧虑。而在矮个子修士面前，则是一丝的希望。这时，修士说道：

> 我知道的，正如你们所知道的。我知道一切。但是，必须经受考验。这是上帝的意愿！

接着，他简明扼要地谈了很多事情和问题。命令让那个将要成为管家的男人进来。当男子来到他们中间，一直站着。矮个子修士说道：

> 这是我们的孩子汉纳，既是我们修道院的管家，也是警卫，既是修道院通往俗世的窗户，也是连接你们和世人的桥梁。他是负重者，也是被负者。他知道顺从，知道侍奉上帝就是他的目的，就是他的幸福，他负责执行你们的命令和上帝的命令。他知道这个修道院是属于上帝的，知道你们三个男人已经发愿把自己献给上帝和他的使命。除了我刚才说的这些很少的情况以外，他对修道院

的事情一无所知,对你们也一无所知。你们众人好生相处!在人群中有快乐,在大地上有平安!

矮个子修士站起来,三个修士也跟着起身而立。汉纳走到修道院的院子里,三个修士中的一个走过来,首先把他领到他的房间和卧室,接着带他到修道院的各个地方,向他介绍,给他解释清楚,然后,两个人才分手。

就在矮个子修士沉入梦乡,大打呼噜的时候,三个修士坐到了一起。这三个修士极为相似,那皮肤的颜色,那个子,那美丽的眼睛,那玲珑的身材,精致的五官,红红的嘴唇,细小光滑的脚板,都像极了。他们坐在一个客厅里,周围是一尊尊的神像,一支支舞动的烛火,各种铜柜子、银柜子、木柜子及大小不一、颜色各异的十字架。他们坐在那里,迷茫的情绪紧紧地控制着他们,仿佛他们还是稚嫩的青年,脸上没有皱纹,没有冷酷,他们的眼睛清澈纯洁,在眼窝里静静地转动着,他们红红的嘴唇颤动着,小小的细细的鼻子在温柔的脸庞上几乎都显不出来。他们坐在那里,搓着手,心里乱乱的。后来,他们中的一个开口说道:

这是什么事儿呀?!现在变成了我们之间的迷惑了!

他们忧虑、伤心的眼神互相交换了一下,然后又落在自己的手上,不知道该说些什么!深沉的静默使他们昏聩,森林的各种声响高了起来:树叶的沙沙响声传到厅里,四周充满了小鸟的啾啾鸣啭,瀑布一下一下地砸到最底部发出轰轰的声音。

三个修士，是三个女人。她们与世隔绝，对修道院的生活心满意足。在她们身上发生了各种事情以后，她们离上帝越来越近了。

这修道院，在最初的时候是一座女修道院，只是为了教育女孩子们，为了帮助这一地区的妇女。当时在这所修道院里，没有一个修士，但是随着时间的推移，日复一日，修道院里一个修女也没有了，因为很多修女都宁愿选择在其他离她们童年生活比较近的修道院工作。在大嬷嬷去世之后，修道院突然之间变得空空荡荡，旷无人迹。这位年老的修女曾经是修道院的一个有机组成部分，是修道院这匹织布的一条织线。在这三个穿着男人服装的修女来到之前，这里一直空着。她们穿着男人的衣服是为了给所有的人服务，而不仅仅为妇女服务，这是根据她们自己的意愿，为了防止登徒子对她们心怀觊觎。这个地区偏远、孤僻，有时会有一些流亡者来这里避难，寻求安全。

二　汉纳：禁忌的苦果

汉纳是一对老人的儿子。两个老人和他差了一大段年龄。他们俩经常祈求上帝恩赐他们一个孩子，能够在往后的岁月里，在他们衰老的时候照料他们。老男人一次又一次地亲近自己的妻子，做了很多努力；老女人也一次又一次地亲近自己的丈夫，也做了很多努力。但是所有的努力一直都不过是努力而已，希望一直寄托着，而婴儿——心头的宝贝却一直没来！

女人越发痛苦，她的梦想死了。她收起了她的希望，满足于靠近自己男人老伴儿的生活。老头子常常在凌晨才告别痛苦的无言的哭泣，因为现世切断了他的希望！他渴望着看到自己的儿子，可以逗他、玩他，可以爱抚他，可以不断地严厉要求他，而儿子则会害怕地逃开，在母亲热情鼓励的声音中逃走,母亲会鼓励儿子成为一个勇敢的英雄,战胜自己的老爹!

老女人也多渴望有一个儿子,可以吻他,可以嗅他的味儿,可以用手指让他吸吮。儿子会因为她柔软的乳房而敬畏她,儿子呼唤母亲的声音会填满她的耳朵,令老头儿生气、冲动,而她则远远地倾听着那声音,在陶醉中走开。

这梦想几乎熄灭了!

然而,一个清早,两个老人刚刚醒来还躺在床上,突然听到婴儿的哭声。这孩子也就一两天大,在一个四处静谧、阳光明媚的清晨,在他们俩身边,连续不断地高声哭叫着。他们俩相对而视,一种焦躁和恐惧的情绪缠绕着他们。他们俩不安地互相询问,这孩子从哪儿来的?怎么来的?是谁把他抱来给他们俩的?为什么选择了他们俩而不是别人来做他的父母?!他们俩这么大年纪,怎么会有能力来照料他,抚养他?!没有答案,只有婴儿的哭声和突如其来的惊喜,以及听着孩子哭声的甜蜜。老男人用自己的手指轻抚孩子的脸蛋儿,老女人摸了摸自己的肚子,试图站起来,但是没有成功。她那原先鼓起来的肚子已经瘪了下去,双脚浸满了黏液,床单和被子也都湿了。老女人不知道发生了什么事儿,只知道一股暖意将她带入梦乡,她睡着了!

而现在她醒来时,梦实现了,带来了一个小婴儿,不会动,不会扭,也不会转身。一个大脸庞的婴儿,双眼紧闭,双手紧握着,身上光溜溜的,没有穿一件衣服,也没有一块布裹着。老女人向着婴儿斜下身子,惊奇地把他捧在手中,不知道该怎么好,是笑还是哭?是哭还是沉默着?是把他搂在怀里,还是仔细地端详他?孩子哭了,她把孩子放到自己的胸口,把他抱在怀里,孩子的哭声渐渐微弱,渐渐平静下来,哭声中断了。第二次又哭了起来,然后又断了哭声,重新安静下来,后来进入了沉睡状态。

老妇人高兴得都不敢相信。她的老伴儿则呆呆的,高兴地摇着她,一个劲儿地问她:

"他是……你的吗?"

老妇人没有回答,而是从她那湿漉漉的床上举起湿漉漉的被子,露出她湿漉漉的两条大腿,上面满是黏糊糊的羊水,也露出她那干瘪的肚子。男人的两片嘴唇颤抖着,双手不知该往哪里放,激动得如美梦初醒,心荡神移。他没有去帮老婆擦掉羊水,帮她摆脱湿冷的床单,而是站起来,开始疯疯癫癫地跳起舞来,兴高采烈地在床上毫无章法地乱跳一番,激动得大喊大叫,然后很快乐很冲动地抓起妻子的手,挽着她从床上起来，她很费劲儿地起床，有点儿犯晕，他开始拥抱她，和她一起舞动，他把她拉向自己干瘪的胸膛。这时，两人处于一种心荡神移的状态，惊喜地说不出话来。正在这时，他们的木门被推开了，发出短促的嘎嘎声，然后又关上了。门又一次被推开，发出嘎嘎声，然后又关上。老头子走到门前，打开一看，十分吃惊，只见一只洁白红润的羚羊站在门口，它那鼓胀的乳房下垂着。一和他面对面，它就跪在地上，斜着身子，露出乳房，奶水流了一地。在它身旁，他还看见几只母鸡，几只小绵羊，几匹白马，一辆车和几只装得满满的袋子，井井有条地摞在一起。

　　见到此情此景，老头子茫然不知所措。他环顾四周，细细打量这地方，想弄清楚是真的在自己家，还是在别的地方，他摸了摸自己，以便知道自己是真醒来了，还是依然沉睡梦乡？！

　　他含混地发出一声大叫，羚羊却没有受惊逃走，而是一直跪倒在那里，眼睛一直盯着他。那些母鸡也在院子里自由自在地觅食，小绵羊也互相追逐着，兴高采烈地活蹦乱跳。他的老妻子也出来了，看到了他所看到的一切，也是惊讶得不得了。一个婴儿来到他们身边，而小孩儿的食粮也随之而来，就连奶水也有羚羊给带来了。

从那天早上开始,这孩子就被叫作汉纳,在羚羊奶水的喂养下,孩子茁壮成长,那只羚羊一直没有离开他。大家都知道他是羚羊孩儿。老两口儿随着年纪越来越大,不敢把孩子的血统归于自己,而是决定遵照村里大伙儿给送的雅号,就叫汉纳是羚羊孩儿。至于怎么会是羚羊的孩子,又是为什么,那只有天知道!

　　但是老两口儿从内心里总是相信汉纳是他们俩的孩子。因为那流湿了老妻大腿的液体不是别的,正是羊水。正是这些滑腻的羊水温情地陪伴着孩子来到新世界。老妇人也一再声明,每当看到孩子,胸口就会战栗不已,会激动得乱跳,并生出对孩子的担心。丈夫冲她点点头,表示相信她的话,相信汉纳是她身上掉下来的一块肉,相信是主善待他们俩,在他们俩生命最后的时光送来这吉祥的礼物。

　　从那天开始,老妇人的肚子再也没有鼓起来过,再也没有见过那种液体涂在她的大腿上,再也没有那种母性的欲望来诱惑她,就像长期以来的日子里使她习惯这种想生孩子的欲望。灵魂静息下来了,有了汉纳,她就心满意足了。汉纳在村里女孩子们的眼里成了一个美男子,对她们来说,汉纳就是她们的光明,他的魅力令她们为之惊叫,她们接近他，像蝴蝶一样在他的周围盘旋。

但是，没有一个女孩儿让汉纳感兴趣，尽管母亲非常希望他结婚，父亲也已在这样要求他，希望生活因他的婚姻而变得鲜美，可以让老两口儿见到孙子，让生命可以抓住他们俩的根，代代相传，永世不衰。但是，汉纳对村里漂亮的小姑娘们一直很冷淡，而她们却一直在他身边绕来绕去的，对他满怀着希望，心里盼望着和他邂逅，希望能够配得上他，能搂住他的腰，能和他温存，她们的心里被相思病填得满满的，满是想对他表白的爱情。

汉纳爱上了一个美丽的女人，她的名字叫白蒂阿，一个光华四射、清澈如水的女人。她是温柔的花园，是亮如白昼的灯塔。高高的个子，丰满的身材，白皙的皮肤如同雪花石膏，小山丘一般的乳房，长长的秀发在空中飘拂，远远看去，如梦如幻，近看像走时准确的表盘，她款款而行，婀娜多姿，脸盘像灯笼一样亮堂。

汉纳爱上了她，而且爱得发狂。每当他接近她的时候，她都惊慌而逃。白蒂阿是一个已婚妇女，爱着自己的丈夫，对丈夫忠贞不贰。和丈夫一起，她过着舒适安乐、绚丽多彩的生活。然而，世事无常，俗世的生活总是严峻，不好驾驭的！

小两口儿情深意切，常在明月当空之时相拥而出，走的时候拥抱着，跑的时候也抱着，停下来的时候更要抱着，互相嗅着对方，一个用甜蜜的话语和温柔细微的抚摩令对方陶醉，另一个则完全顺从着这如梦一般的心旷神怡和升华的快感。很多时候，柔嫩闪耀的青草地就是他们的床，天旷云低，星星靠近，月光照耀，他们俩的悄悄话向广阔的天空敞开。

白蒂阿是一个水晶一般透明的女人，温柔光滑，光彩照人，纯洁、富有同情心。她那香甜的涎水和跳动的眼睑，令现世为之惊诧，为之陶醉。她那两片厚厚的嘴唇，线条分明，像桑葚一样红润，永远是她欢愉的表征。她的丈夫为她而疯狂，用他的双臂很温柔、很男子汉地围住她，用他那绵远悠长的欲求和心愿围住她。

如果她在吃饭，必定要把饭分成两半，一半给自己，另一半给丈夫。如果她在喝水，必定要盛两杯，一杯给自己，另一杯给丈夫，还要把喝过的残留着自己口香的那杯给丈夫。她那迷人的涎水把两人紧紧结合在一起，使两个灵魂合为一体，使两个躯体叠成一体，叠进发烫的相思和扫荡而来的欲念。

然而，世事无常，俗世的生活总是严峻

的、不好驾驭的！丈夫深爱着她，她也和丈夫如影随形，同呼吸，共命运，无论他在身边，还是在远方。她就是他的世界，他就是她的欢乐，她的喜悦，她的幸福。他梦想着她为他生下成百上千的儿女，使她成为生命的源泉，生活的美酒，但是，白蒂阿一个也没有生下来。他对她忍耐了很多年，很多年；她也对他忍受了很多年，很多年，却没有生孩子。在两人之间，生活变得昏暗。那光彩照人的俘虏人的美貌，变得平淡无味，变得熟视无睹，变成平常得不能再平常的景物；她那充满野味的甜甜的唾液，也变得平淡如水，没有滋味；她那清澈的双眼，舞动的笑靥，两颊绯红卓越的颜色，都是来自上帝的恩赐，如今也变得什么都不是。那雪花石膏般的胴体，再也没有了往日的柔嫩平滑，失去了弯曲自如的灵活，失去了令人惊异的躁动和光亮。那水晶般的身体变成了仅仅可以近照的镜子。那手指的胳肢撩痒早已远去，早已消失。消失的还有抚摸耳后根、胸脯和脖子的乐趣，那长长的脖颈，白里透红。她再也不知亲吻腋下绒毛的乐趣，不知挤压双乳后汗珠从乳沟淌出的乐趣。再也没有见到肚脐边缘滴淌的像珍珠一样的汗滴，犹如燃尽的小蜡烛，令人恍惚迷离。她再也没能为了两人肉体的妖娆妩媚而疯狂过，他们俩曾经在泉水中、在小溪里,用野薄荷的绿叶互相搓着对方的身体,一块肉一块肉地搓,一片一片地搓,直到身体颜色错杂,一块红一块绿,身体变得更加透明,惊得魂飞魄散,泉水变成了床,两具躯体那熟悉的耳语把他们俩融进喧嚣的欲望之中。但是,所有这一切,都已经远离,都已经消失。神奇化为平淡,欲望的回应仅仅成了一种重复。丈夫忘了自己的男性角色,忘了自己是男子汉。白蒂阿也忘记了自己是人世的精华,忘记了自己美丽洁白的肤色。她变得再也感觉不到自己的女人性,感觉不到身体器官的呼唤,也感觉不到自己灵魂的耳语和悄悄话。她变成了一个普通人,没有了朦胧,没有了秘密,没有了惊奇,也没有了梦想!

然而,世事无常,俗世的生活总是严峻,不好驾驭的!

汉纳看见了她,便唤醒了她的女人性,把她拉向自己的身边,就像一个替换了的梦。尽管两人相隔很远,她在丈夫那里,而他则在双亲老两口儿那里,但是,她幻想着和他一起吃、一起喝,一起睡;他也幻想着和她一起吃,一起喝,一起睡。一次又一次地,他往她那里奔,她却没有做出回应,只是在看到他的时候,看到他的英俊面容,看到他迷人的目光,显得像是被雷击了一般。

汉纳使她想起了自己的丈夫，想起和丈夫在一起的最初的那些时光，想起最开始的几个年头，想起丈夫的男子汉气概，想起丈夫的温柔和梦幻般的目光，那无声胜有声的目光，那种美能俘虏人心，令人惊异。汉纳感觉到有某种东西在他的灵魂内部因她而动起来，于是，他带着所有的情感向她冲击。她则觉得他正是自己所希望的，正是他能够重新恢复自己灵魂的欢愉，能够使她重新觉醒过来。她感觉到，正是他，她的灵魂正是为他而颤抖的，她的灵魂为他而闪烁了。而在此之前，她的丈夫已经变得枯干，就像一片绿叶枯萎了，她自己变得如同荒废的菜园！现在，他来了，来到她这里，来重建一切！于是，有了道路，有了台阶，有了房间，有了绿意，有了香味儿，有了微风，有了出神的欢愉。现在，他来到她身边，她却无法同他会晤，无法应答附和其意见，无法和他交谈，无法向他发问，也无法搂住他的腰，哪怕只有片刻的时间。来到她身边的，是苦涩的禁果，既远，又近，是无法采摘的令人发晕的桑葚！

　　汉纳满足于难以得手的对她的爱情，也满足于她对他的躲避和长时间的不在场。他满足于在孤寂中呼唤她的名字，招来她的影子，将影子拥抱。他不留意挤在他周围的女性，也不留意在他家、在他父母面前追逐他的那些漂亮的女孩子们。她们在山间小道，在树林间，在泉水边，在小溪旁，无不将他追逐。她们把他当作一个梦去追逐。而他把白蒂阿当作一个梦去追逐！只不过白蒂阿遥不可及，他也离得很远！时光流逝，白蒂阿一直离得很远，他也一直离得很远，她的丈夫觉得生活为他送来了她昏暗的脸庞，觉得他的乐趣已经变成了他的监狱，觉得他将要走的是一条新路，觉得已经迈出的脚步把他拉进一个个干瘪的梦，感觉自己已经变得什么也不是。他向白蒂阿开诚布公地谈了一番，希望她能理解，能忖度他的感受；他还爱着她，但他已经无法令她幸福，他再也没有什么可以给予她的，令人心醉的往昔已经逃走，心荡神移的灵魂也已经枯萎。他明确地向她表示：希望和她分手，因为他爱着她，因为他要保留她的爱，直到永远。他请她走另一条道，同另外一个男人一起生活在另一个世界，那男人能够为她催生新的幸福。他请求她离他远远的，走向任意一个方向，她自己中意的方向，因为他已经心如死灰，没有温暖，没有生命。他希望她走开，以便他也能走开，希望她走得远远的，以便他也能离她远远的。但是白蒂阿黏住他，希望他说出心中游荡着的所有想法，为她敞开一切，以便她向他开诚布公,向他说明自己的心已经向另一个人倾斜,那个人没有他英俊,没有他尊贵,没有他体面!她的心像一团迷雾般向另一个男人倾斜,充满了幻想。她原以为自己的心早已因为过度的跳动而死亡,但这颗心再一次为这个男人而悸动。丈夫回答她说,他已经感觉她的真诚和她对那个男人的殷切期望,他感觉到她变回了以前的白蒂阿。他也向她开诚布公,说他的心也已经倾斜,为另外一个女人而悸动,那个女人没有她漂亮,没有她高,没有她那么令人惊奇,没有她那么清纯,没有她那么沉静。他的心向那个女人倾斜,为那个女人而悸动。不能期望这颗已经倾斜、悸动的心能够安静、平息下来!白蒂阿感到很烦,她也向他表白了很多很多。两人相对而谈,开诚布公,犹如一张纸的两面,一面掩住另一面,一面读着另一面,两相连接,一方拥有另一方的灵魂和灵魂燃烧着的剩余的红火炭!

　　两人不明白,白蒂阿不明白,她丈夫也不明白,不明白两人是如何相互许诺去池塘边告别的。池塘边上的水芹、甘蔗、弯弯的柳树和浓密的苗圃树苗像篱笆一样把池塘围在里面。两人争先向前走着,一步一个脚印,一个微笑生出又一个微笑,一场场对话轮流进行着,一直到两人走到池塘那里,相互之间像小孩子一样吵吵嚷嚷地卧倒在另一方的身边,美美地躺倒在绿油油的行仪芝(狗牙根)草地上。他们俩在鲜嫩的青草上波动起伏,手脚相互触摸,嘴唇和嘴唇碰在一起,两人都觉到对方的美好,又都渴望着对方,两人都后悔了。他们俩共同的欲火再度点燃了,那被忘却的、消失了的欢乐又回来了,而且久久延续。他们中的一个人拥抱着另一个人,就像拥抱着自己,另一个感觉到往昔的辉煌壮丽重新诞生了,觉得白蒂阿的水晶躯体又在闪烁着光芒,光辉而灿烂。她也感觉到丈夫的男子汉气概一直存在着。世界再一次为他们俩而变得纯洁欢乐,残留的欢乐在那里依然像燃烧的火炭。两人嘲笑达成一致的告别仪式,他们俩都相信自己是为了对方而被创造出来的,如果一个远离了另一个,就没有了生机,告别的说法无非是一个谎言,显露出来的最多也就是迅速回到美丽往昔的一个步伐。两人都笑了,在深远的静默和无边的宁静中久久拥抱。接着,也不知道是两人中的哪一位,把另一位领向池塘中,也不知道是谁首先扑进那清澈温暖的池水之怀抱;不知道是谁使劲儿拉着另一位沉到池塘底部,拉到最下面,拉向告别的地方;也不知道是谁先呛了一口水,是谁先淹着了,两人随即屏住呼吸浮上水面,他们相互拥抱着,在柔软的水床里胳膊缠着胳膊,四周围着繁茂的翠绿!

消息传开以后,汉纳伤心极了,他离开了双亲,离开了那些长时间环绕在他身边的那些女孩子们。他许愿把自己献给修道院,因为他感到生活的大门朝他关闭了,白蒂阿已经走了!他想在修道院打开另一扇大门,把他带向对他满意的上天,远离尘世的欢乐,也远离他在人群中邂逅的各种诱惑。他从一个修道院搬到另一个修道院,学到了很多很多。他周围的那些人都觉得他在通向取悦上帝的道路上走得最远,已经离上帝很近。而汉纳自己则觉得遗忘是一件困难的事情,觉得那敞露在外的伤口(他的伤口注定要敞露着)无论是生活在修道院还是在俗世人群中都将一直无法闭合。那时候,灵魂因白蒂阿而膨胀,因她的失去而狂怒而茫然。在白天,她的影子从他身边消失;在夜晚,她的影子降落在他的心扉,她的美丽如同一堆盘子,一盘一盘地叠放在一起,欢乐之上又有欢乐,美梦之上又有美梦。他的面前除了祈祷,没有任何方法可以赶走她的影子,于是他祈祷了很多。然而他发现,越是祈祷,白蒂阿就离他越近。她的身影就像雪花一样在他面前飘散,以一种极为优美的姿势一片一片地飘落而下,或高或低,从空中飘落时没有比这更美丽的了。于是他又努力以绝食的方法和夜以继日持续不断的剧烈的劳动来消耗体力。

但是，他当时将要做的事情，现在变成处身于一个孤独的修道院。在这个修道院里，有三个漂亮的女人，三个修女，她们中的每一个人都有一个故事。如果在一个远离祈祷、身体放松的时刻，在不经意的时候，她们的美貌显露在他面前，他怎么办呢？如果他知道了自己是在一个消失了女人性的田园里，而不是在山巅的一个孤独偏僻的修道院里，又会怎么样呢？

三　修女们

　　舍马绥奈村里，没有一个人知道关于修道院里修女们的事情。所有的人只知道几个修士在做着修道院的事情，他们不时会有一些变化，根据修士们自己所知道的标准，他们的人数或增或减。最近，大嬷嬷去世了，就埋在修道院旁边，成了修道院特殊的坟墓。大嬷嬷是一个个子矮小的老太太，稍稍有点儿胖，无论坐着还是站着，总在祈祷。她总闲不住，很勤快地打扫各个地方，她在修道院里现有的这三个修士休息的时候守护着他们，她免除了他们的劳顿，让他们休息。大嬷嬷不知道修道院里的修士们其实是修女，这不是因为她不聪明，也不是因为她失去了女性的直觉，而是因为她视力太弱了，随着时光的推移，她的视力开始一点点退化，直到她生命的最后阶段如雾里视物，混淆不清。

　　大嬷嬷去世了。三个修女在修道院里孤零零的，她们全都穿着男式的服装，每当头发长了，她们就接着剪短自己的头发，一直保持在可以被人接受的合理的长度。她们用所有的方法隐藏起她们美丽的容颜，远离各种妇女的行为，弃之而不为。她们还做了很多训练，模仿男人的动作和行为，直到她们都习惯了，变成了她们自己行为的有机组成部分。但是在其他人面前，一直折磨着她们，使她们感到窘迫的，是她们柔和的五官及其女性化特征，还有她们那光秃秃的不长胡子的脸蛋儿。

她们来到修道院，无论年纪大小，都是为了学习如何取悦上帝，为了学会爱世人并帮助他们，不带有任何目的、任何欲求、任何企图。

她们在许多修道院里短暂或长期生活过，习惯了相互之间真诚相待，相互体谅。她们满足于成为治愈人们外伤和内心创伤的膏药，而她们自己却隐藏着她们胸膛里又大又深的伤口，没有膏药，也没有慰藉。在这个修道院里，她们收起了伤心、悲痛和无助。她们相信，孩子们在她们的手里将学会宗教的基本知识，学会做祈祷。小姑娘们将学会料理家务，为将来的家庭生活做准备。修女们也相信自己能够解决各种问题，能化悲伤为乌有，能接受忏悔并赦免众生之罪。她们相信所有这一切将使她们的生活幸福满足，或者至少使生活远离过去，远离伤心事，远离她们赤足走过的遍布荆棘的羊肠小道，尽管她们的脚是鲜嫩的！

尽管常常伤心不已，尽管寂寞孤独，尽管远离为食色人生而忙碌的人群，但是，她们还是在修道院里共同创造了美好的生活。修道院宛如一个鸟巢，收容了她们这三个漂亮的修女。她们做了很多，回忆了很多，也哭泣了很多，她们当中第一位认识了第二位，第二位安慰了第一位，第三位则认为保护得好，就可以破坏心里对俗世的怀念。在那俗世之中，她从未碰到过一个温暖的、美丽的、充满希望的清晨！她们都在忧心的时候多多地祈祷，长达几个小时。在恐惧的时刻，她们连续地祈祷；在心情放松的时候，她们也祈祷，同时互相交朋友，在同一张床上睡上一觉，做上一个梦，一个折断了的梦，一个尚未接续的梦，这个梦在她们面前犹如干枯的野薄荷枝，还将折断。

她们都小心翼翼地防止每个人处于孤独的状态，以免重蹈痛苦的岁月，不让往昔的悲伤突袭而来。她们以自己的意志互相牵拉着，如果她们中有一个人沉默不语了，另外一个就会想方设法把她从心不在焉的状态中拉出来,和她谈任何一个话题,以便她不被过度的沉默安静所伤害。

刚开始的时候,她们不是很融洽,在外形上、行为上、个人禀性上都不太一致,但是她们有着共同的忧伤及相似的沉重残酷的岁月。越来越多的交往,把她们的行为和禀性统一了起来,甚至她们在外形上几乎也变得一样,差不多高,差不多瘦,一样的纤弱,一样没有锋芒毕露的脸蛋儿,一样地扑闪着双眼。她们同睡同起,一起吃饭,一起出门。她们中的每个人都选择一项事情去做,完成自己应尽的义务。尽管如此,她们中任何一个人也没有失去自己的特性,每个人的独特之处没有丝毫削弱。

玛丽娅

玛丽娅是一个生病瘫痪的老太太的独生女。小小的、美丽的家就在村子的北边,种了一圈鸢尾花做篱笆,上面挂着一串串青绿的葡萄。个子矮小的母亲躺在床上,对外面发生的事情一无所知,她早已双耳失聪,双腿肿胀,健康状态倒退很多。玛丽娅对自己的情况和母亲的情况茫然不知所措。她真希望有能力抓住现世的钥匙,以便把母亲从久病难痊愈的状态中拉出来。她的母亲已决意要撒手人寰,双手已放弃生命。她曾说生命是美丽的,但只属于拥有健康身体和金钱的人,而她面前已经没有健康的身体,也没有钱,那么,就让她早点儿动身,早点儿回去。母亲拒绝进食,讨厌吃药,不再坚持卫生,为的是更多地和疾病、死神合作,好让疾病和死神把她带到另一个世界,她所希望的是更加幸福、更少痛苦经历的世界。

玛丽娅围在母亲的身边,看着母亲躺在床上等待着最后的喊叫和最后的呼吸,玛丽娅几乎要撕烂自己的心。她无力为母亲做任何事情,不能使母亲重新站立起来，迈出脚步；她无法使笑容重新回到母亲的脸上，哪怕只有一次。母亲脸色发黄，牙齿脱落，双耳失聪，视力下降，双手动作越来越缓慢，直到成为家里一个固定的部分。

当母亲对女儿玛丽娅说着话的时候，难道没有许多的幻想吗？

> "女儿啊，你就别管我了，你让我看个够，我在你身边的日子不多了。你有什么问题就问，我会回答。你跟我说话，我听着，请你笑笑，请你快乐一点儿，为我唱唱歌，让你的歌声成为我即将旅行走向世界远方路上的干粮！"
>
> 玛丽娅哭了，放声大恸，不知该怎么办才好。毫无疑问，母亲肯定是要过去的！但玛丽娅面前没有避难所，没有人帮助。除了祈祷、忍耐和希望以外，她一无所有！

对未来的担心与害怕使她寝食难安。在母亲去世之后，玛丽娅孤苦伶仃，除了漂亮的脸蛋儿和静如处子的躯体以外，她毫无办法。她的心悲哀、恐惧，她的灵魂宽宏大量，她的行为极为朴素，很容易心满意足。对于许多东西被剥夺，她很痛苦，那些不断地变成现实的愿望也使她深受其苦。她爱上了戴阿斯，他也爱她。她感觉到他在她面前的局促不安，感觉到他的温柔和敦厚。在她母亲病重的时候，他还为她的悲伤岁月而担心。他在她面前悲极而泣，把她拉向他的怀中，好像要抓过她的悲伤，纳入他自己的悲伤中去，对她充满着爱意而非怜悯。当他把她拉到自己的怀抱时，为她拭去泪水，抚慰她的心灵，用他甜蜜的话语使她心动。他显露出来的殷切期望，为她勾勒了一个共同的未来，显示了他所有的自豪、安稳和近在咫尺、唾手可得的梦想。他向她许诺：他将属于她，无论她在还是不在跟前，他都只属于她。他还说，如果远离她，他将失去生命。于是玛丽娅安心了，静静地待在他身边，向他吐露她的情感，向他敞开心怀，给予他所要的一切！

她觉得他的每一句话，每一下触摸，每一声叹息，每一滴泪珠，都是真诚的。但她不知道，时光流转，她美丽的形象在他的同伴们中间广为传扬，而他接近她事实上只不过是一件习惯性的行为。当她母亲去世，玛丽娅变成孤零零一个人的时候，他离弃了她，消失得无影无踪。她去追寻他的影踪，询问他的消息，但是再也见不到他……她等了他很多年，但他没有来，她再也没有听到他的消息。在一个像白昼一样毫无遮掩的村庄，她变成一曲悲伤的挽歌！她感到无地自容，整天愁眉苦脸。白天，她为糊口而劳作；夜晚，她在恐惧与不安中难以入眠。很多男人像野兽一样在她周围盘旋，他们想猎获她的肉体。这肉体曾经不止一次当着那个已消失的戴阿斯的面遭到污辱。在漆黑的夜幕下，心怀叵测的男人们像篱笆一样围在她那里，敲她的门，敲她的窗户。孤独的她大声喊叫、求救。她恐惧不安地蜷缩着，祈祷着。在她面前没有任何出路，除了去修道院，忘却这一切！

第一次忏悔：

玛丽娅来到我这里，她是一个美丽善良的姑娘，高高的个子，憔悴苍白的脸，瘦削的身材，一副饥饿的样子，两眼呆滞无神。她哭泣着，脚步凌乱，身子虚弱。我看见她悄悄地走进修道院，手里拿着一个衣服包袱，或者是一包食物。(后来我才知道那既是装衣服也是装食物的包袱。里面放着她的衣服和她母亲的衣服，还有几只象牙镯子，母亲叮嘱玛丽娅在她死后带上这些洁白的镯子）她不知道该怎么办，迷茫的情绪包裹着她。她那顾盼流动的目光带着她从一个地方走到另一个地方，她在寻找忏悔椅。她希望在结识修道院里的人之前说出自己的一切。忏悔椅空着，我当时经过那里，在一个侧厅，看到她畏畏缩缩地盯着忏悔椅。我正好在她的旁边，看到她犹犹豫豫的，她也看到我知道了她的意图。我用手示意她跪下，在帘子后面，在窗户后面，有一个修士正在等着她。她往前走了一两步，又停下了，把包袱放在旁边，收起滚动在脸颊上的泪珠。那泪水都掉到胸口，落在衣服上。她用手擦干了眼泪。她一直保持这样的状态，直到我转过身，面对着她，我非常热情地请求她说出一切，以便让自己放松下来，上帝会宽恕她的。我既然同意她在我在场的时候忏悔，便不再知道她的眼泪是怎么和鼻涕混到一起的。我又一次低声向她说话，但她还是长时间沉默着，泣不成声，以泪洗面。她哭得脸上全是泪水。我又等了她一会儿，但她还是一言不发。我等着她，但她的眼泪还是没完没了地流着，她伤心、屈辱，不知道该怎么开始说，不知道从何说起。于是，我对她说道："你是从什么时候开始这样的?"

她没有回答,也没有再抬起头来看我。以前我就知道有很多女人和很多男人,悔恨之情包围着她们,沉默与屈辱伴着她们同行,恐惧与希望则把她们引到我这里来。但我从来没有遇到过像这个女孩儿这么年轻的,像一朵恰逢其时的鲜艳的玫瑰花。我忘了我自己,忘了我的位置,我走出去,把她从跪着的地方扶起来,带着她到修道院的一个房间里面,同她一起坐下来,给她喝了水和一些葡萄酒,经过短暂的不安后,我问她:"叫什么名字?从哪里来?做了什么事儿?为什么你这么青春美丽,却如此伤心?"她没有回答,而是从座位上站起来,在我面前跪下,开口就要说话。就在这时,我再次把她从跪着的地方扶起来,把她带到外面的忏悔椅。她跌跌撞撞地走着,还带着一丝畏惧。她手里拿着包袱,勇敢地进去了,并且跪下来。她把包袱扔在旁边,仍然在哭泣。她向我望过去,看到了我。我低声对她说,上帝会饶恕她的,就说出她想说的吧!她告诉了我她的名字,她的住址、她对戴阿斯的爱。她怀上了他的孩子,偷偷地生了下来,两年之后把孩子交给另一个村的一个老太太喂养,并给一些钱作为报酬,每个月底付钱,老太太同意了。玛丽娅先拿了母亲的一些金子预付。但那个老太太对她偷生的这个孩子不太关心，孩子摔倒在正烧开的奶锅上，死了！当她来问孩子的情况时，老太太把真相告诉了她，把她领到孩子的墓地，把金子还给了她。她感到无路可走，几乎快疯了。她勉强支撑着自己，忍耐着，或许戴阿斯会来解释清楚，但是逝者如斯，要走的人还是走了。她感到自己同人们一起生活变得毫无裨益，也是徒劳的。因此，她来到修道院，为的是把自己的生命献给别人，为主服务！

她沉默了。我知道故事结束了，我要求她多说一些，但她什么也没说。我也请求上帝宽恕她，嘱咐她做祷告。我用手将圣体递给她，还递给她用吉祥的葡萄酒蘸湿的面包。她更加悔恨，又哭了起来。

在她愿意为主服务以后，我们在修道院里给她找了个睡觉的地方，她做了很多祷告，也做了很多劳动。她是个顺从的仆人，未开口，泪先流。随着时间的推移，她变得越来越可爱，大家都喜欢她香甜的气息，喜欢她平静地说着令人激动的话语。她还一次又一次地面壁闭关，隐匿起来，断绝和他人的联系。

第二次忏悔：

当玛丽娅要从我们修道院搬走的时候，她在离开之前一个小时执意要会见我，要和我谈谈。我当时很累，无精打采的，不想跟任何人交流，不想听任何人说话。但是玛丽娅坚持要见我，我便同意听听她说什么。我对她说："请坐！你说吧！"她说："不是这里，我要忏悔。"我看到她低垂着头，好像她的头脑折断了似的，我对她很惊讶。她使我想起了她第一次忏悔的那一天，我像被蜇了一下，赶紧站起来，和她一起穿过一条走廊。我走向忏悔椅，她走到我对面，跪下。我看见了她的泪水，看到她紧抱着双手，极为不安。我问她：

"你怎么啦，玛丽娅？"

她说："我又一次碰见了戴阿斯。"我很惊讶。我知道他已经走了，他不知道她所在的地方，不知道她的任何消息，因为我们的修道院离他们村庄有非常远的距离。

我说："怎么会呢？！"

她说："就在这里！"

我问她："发生什么事儿了？"

她说："自从我瞥见他，我的心就跳起了舞，为他而悸动，我原谅了他。（我想在我第二次见到他之前就已经原谅他了。很久很久以前我就已经原谅了他）我同他一起出去，颤抖着，我几乎和他合为一体，与他的脚步、他的低语、他的抚摩协调一致。我在他那里消融了。我觉得不再拥有自己的身体，控制不住自己的脚步。我被紧紧抱在他怀里，就像我第一次见到他，被他迷住。在第一棵隐蔽的树下，我重新把自己的身体献给了他。他使我感到自己的生命和他在一起，而不是在修道院。我请求他带我一起远走高飞，让我们共建我们的生活——他和我所谈论的生活。他答应我第二天来，他将带着我离开这个修道院，到另外一个地方，到另一场爱恋，到另一个世界，以美丽的日子补偿我，取代我远离他所过的那些痛苦漫长的日子。但是，他没有来。我等了他好多天，他都没有来，然后，我又等了他几年时间，他还是没来。经过很多的祷告，我也无法熄灭心中对他的思念之情。他和我在一起，流在我的血液里。我担心，如果他再来这神圣的修道院，我会再一次为他而脱光衣服，不是在第一棵树下，而是在这里。我请求上帝饶恕我，因为我已经后悔了，我真的忏悔了，绝对的忏悔！"

她开始放声大哭，悲恸不已。她一止住哭声和泪水，我就听见她说道："因此，我要求从这个我非常喜爱的修道院搬走,到另一个很远很远的修道院去!"

在我面前,我希望主让她死去,或者让她远离这些痛苦、邪恶的经历,因为她再也无法忍受更多。她再一次请求得到宽恕。我递给她圣体,听到她悲伤的悔恨。我知道她做了很多祷告,静坐沉思了很多天。

玛丽娅最后的忏悔:

在这里,在这个偏远的,美丽的修道院里,我努力以各种方式杀灭身体的欲望:劳动、祈祷、跑步、跪拜、叩头、静坐沉思、发愿、顺从、洁身自好,了解人们的难题和梦想。很多次,我从帮助他人和爱他们中尝到了甜美的味道,即便他们是残酷的人、可恶的人。但是我无法忘掉戴阿斯,他同我在一起,与我同吃,同喝,同睡,同起,与我如胶似漆,尽管他很残酷,很懦弱,我觉得他会来到这里,在某一天,某一时刻,来到这个地方,而我不会有片刻的迟疑便为他而张开双臂,把他拥抱在我的怀抱中,这将会是一个千年的拥抱,古老得像是仁慈的具有疗效的祷告。我会说服自己相信我的痛苦与折磨在于肉体,相信肉体才是恶的焦点,是悲哀的燃料和伤心的火炭。我一次又一次地一个人独处，和主说着悄悄话，问他如何解脱，然而，我还是一如既往，丝毫未变，殷切地期待着与戴阿斯的重逢，每当我越是努力地要赶走他将他抹去时，便越发激起内心的渴望。但是，他会来吗？还有，谁能让我明白，汉纳，这个最近来到我们修道院的守护神，会不会是又一个戴阿斯？他隐藏在自己长长的头发、浓密的络腮胡之中，两撇胡子盖住了嘴和牙齿。但是我的心却没有对他生出渴望，我对他无愿无求，他丝毫没有搅动我的心，但是，现在他的形象为什么会向我袭来？为什么他身材和戴阿斯一样？为什么我看到他没有了络腮胡，也没有了那两撇胡子？为什么我现在觉得他其实就是戴阿斯？为什么我会颤抖？为什么我站着无法动弹？我穿上衣服又是为了哪一样？我出门去哪里呢？我的神啊，你在哪里？救救我吧！

  对着我的脸把一扇扇门都关上吧！让我走不动路，让我失去视力，并请抹消我的感受力！他的喘息、他的呼吸包裹着我，他使我燃烧。我觉得他的汗珠滚落在我的身体上，几乎要把我的身体烧毁，洞穿我的躯体。正是他的喃喃低语，他的饥渴的目光，蜡烛般的手指，在擦拭着我的身体！啊，我的神啊，你在哪里，救救我吧！

*　*　*

注解一：

玛丽娅在修道院里摆满了漂亮的小洋娃娃，它们穿着鲜艳的衣服，色彩清纯清净，长长的头发编成了辫子，系着绸丝带。

她为它们唱歌，在它们的家里摇它们睡觉，每天一大清早就叫醒它们，每天夜里做完睡前祷告后，望着它们，眼光中充满着告别的哀伤。她觉得每个洋娃娃都是她的孩子，是她永无止境的梦，是她余生的幸福！

注解二：

绝不！玛丽娅从来没有和汉纳站在一起，或同他坐在一起，除非在她觉得汉纳不是一个男人的时候！

她没有摸过他，除了有一次为他洗脸和双手，洗胸脯和头发，那次是他从一块岩石上猛摔下来，差点儿摔得粉碎。这次摔过之后的几天里，他的癫痫病发作了好几次，口吐白沫，直冒冷汗，一次又一次昏迷过去。修女们协力合作，帮助他清醒过来。

玛丽娅在汉纳一次从巨岩上摔下来以

后癫痫发作的时候,用水拍湿双手,擦拭他的脸和胸口,擦掉他嘴边的白沫,擦干他的汗水,这时候的汉纳处于昏迷状态。玛丽娅不知道是如何忘掉自己的。她和他单独在一起,完全与他面对面,他就在她的手里,在一个远离修道院的地方,她扑倒在他身前,闻他的味道,亲吻他,像疯子一样对他悄声低语,充满期待地呼唤:"戴阿斯!戴阿斯!"

他没有回答她,一直在冒汗,在大口喘气,神经紧张,口吐白沫。他的外形变得很难看,嘴角极度歪斜向下,嘴边流着口水和白沫,他的脸蜷缩得像个瘫子。所有这一切玛丽娅都不在乎,她吻着他,嗅着他,向他呢呢喃喃地说着话。而他尚未恢复知觉,全然感觉不到她。玛丽娅一直没有和他分开,只有在两个修女把她从他那里搀起来的时候,才迫不得已和他分开。当时的情景把她们俩吓坏了,颇为震撼。

玛丽娅责备她自己,虐待她自己。她十分后悔。她祈祷,她静坐了好长好长的时间,直到汗水都干了,都走不动,说不出话了,她希望两个修女接受她的忏悔。在一个偏远孤僻的修道院里,她犯了一个大错,在这里的汉纳就是令她犯错的火炭,是毒蛇的洞穴。在她一再地坚持下,两位修女说道:

"这里是沉默的地方,不是说话的地方!"

玛丽娅久久不停地哭泣,乞求她们俩,但都没有结果。两个修女一直拒绝她,认为她的错误很严重。玛丽娅自己独处了很长时间,请求上帝饶恕她。但是她的心在很长一段时间里一直迷茫彷徨,一直到两个修女请求上帝宽恕她之后,她才平静下来。在随后的日子里,玛丽娅离开汉纳,对他视而不见,仿佛他不存在一样。她不再去看他,除了偶尔瞥一眼。她一见到他就迅速从他眼前消失,离得远远的,仿佛他是一个魔鬼。汉纳不知道这个"修士"为什么躲着他,为什么从他身边逃走,在他们俩之间升起一股冷漠之情,宛如一道高墙竖立其间!

注解三:

在冬天的那些日子里,汉纳在看到周围都没有人的时候,放心地脱下自己的衣服,在修道院对面的池塘里小心翼翼地但是很安静很惬意地洗着。只是他不知道自己漂亮的躯体吸引了三个修女热辣辣的目光。她们使劲儿盯着他看,第一个看着他,是为了忘却;第二个看着他,是为了想起心里被禁止的东西。而他也不知道自己生活在一个有三个修女而不是修士的修道院里!

* * *

索菲娅

一个星期天的上午,也是在这个修道院,土路两旁挤满了树木,透着一种温情,引着一个老男人和一个四五岁的小女孩儿向着修道院爬上来。小女孩儿看着老人迈着双脚朝前走,走向离天空非常近的修道院,它像一顶红砖做成的帽子向下俯瞰着俗世红尘,围在美丽的墨绿之中,和风习习,早上的彩云在阴湿的空气中散发着馥郁芳香,澄澈的天空透着一股寒气。在弯弯曲曲的漫长的小道上,她,索菲娅,一路和他说着话,逗他玩儿。她的手放开老人的手,在他面前奔跑,她那美丽的白衣被风鼓起,随风飘舞,裹在她的躯体上,像充满活力的蝴蝶一样飞高飞低。她的心里充满着幸福和快乐。每个星期天早上,她都要和这个她喊作爷爷的老男人一起来修道院(他其实不是她的亲爷爷。在她十个月大的时候,他收养了她。在一次海上旅行中,小女孩儿失去了双亲。船翻了,船上的人都淹死了,而她则由于躺着的草编篮子浮在水面上而得救)。索菲娅在星期天的远足中,跑着,低声唱着歌,呢呢喃喃地说着话,喊叫她的爷爷,欢天喜地,笑声不断。她用自己柔嫩的小胳膊环抱一棵棵树干,围着树转,仿佛她摇动了树,在逗树玩儿。她从树干表面采集了好多杯金黄色的树胶,给她爷爷看。她摘了很多花儿,嗅着花儿的芳香,然后把花儿献给爷爷,或者收集一大束花儿,献给修道院里的修女们,给她们的心里带来清晨的欢乐与喜悦。她们为了他人而牺牲了俗世的美丽与幸福,也为了另一个更为幸福更为美丽的天空!

在那个美妙的上午，爷爷异乎寻常地伤心，尽管索菲娅向他提问题或者责备他的时候，他一直保持着微笑。他漫不经心，神情沮丧，心乱如麻，但每当索菲娅和他说话或紧紧抓住他的时候，他也能从沉思中回过神来，然后马上又回到心不在焉的状态。每当他更多或更长时间地沉思而心不在焉时，他显得迷茫，哀伤地摇摇头（索菲娅离他远远的，跟在蝴蝶后面跑，或去摘花，或去摇树）。他恐惧，悲伤，因为他将把索菲娅交给修道院的修女们，因为她孤独一人，除了上帝，再也没有一个亲人。在抚养了她四五个年头，在她成了他生命的秘密和生存的理由之后，在他变成孤身一人之后，他发愿把她献给修道院。他担心哪天早上索菲娅醒来之后发现他只是躺在床上的一具死尸，她会恐惧，会害怕，世界对她紧紧关闭，而她还只是一个小女孩儿，不谙世事，对世上的灾难一无所知。他担心哪天早上或晚上，索菲娅来到他跟前，摇晃他，叫他起来，叫他去洗漱，叫他去生炉子，或叫他去吃饭，或……而他却没有回应她，因为他的身体已经完蛋了，已经毫无用处，已经无法做最后的应答，小人儿会张皇失措，会怕得发抖！因此，在这个吉祥美丽的早上，他来到修道院，决心最后说服自己把索菲娅交给修道院，让她成为修道院的女儿，长大以后直接服务于修道院（一年多来，他不止一次下决心要把索菲娅交给修道院，但是每一次在扫荡而来的怜悯之情面前，他又把她带回家去，把和她分离的时间又往后推迟一周）。这男人只是一个影子，或几乎只是一个影子，他走路的时候像个站着的人一样走不动了，不是身体的力量，也不是脚步推动他前行，而是他的呼吸和到达目的地的愿望在推着他走动。因此，尽管走得极慢，他觉得这天上午是他能够陪着索菲娅去修道院的最后一个上午。当索菲娅生他的气，冲着他的脸嚷嚷，提醒他说他们俩已经迟到，也许到修道院时已经找不到一个小孩儿看着他们洁净的衣服，找不到小朋友和她一起玩儿，星期天的礼物也没有了，这时候他就朝前朝后摆动着胳膊，好让索菲娅以为他在加快脚步朝修道院走去。最后,他们终于到达修道院,修女们欢迎他们俩,她们知道过一会儿残酷的离别即将发生,或在几个小时之后,或在日落之前!

那天,索菲娅跑了很多路,吃了很多,她非常高兴。由于过度疲劳,她很快就睡着了,也仅仅是在这个时刻,爷爷起身,打算走了。大嬷嬷命令修道院的"保护神"去套好马车,把爷爷带回村里去。但实际上,这件事没有发生,爷爷自己走了。他一次又一次地吻索菲娅,潸然而下的泪水打湿了孩子的脸和他自己的脸。他向她告别,仿佛在告别他即将逝去的生命。一次又一次地,他伤心地回头望着她那柔嫩的小孩子的身躯,望着她那丝绸般光滑的白皙的皮肤,望着她安详地沉睡。爷爷回到家里,没过几天就死了。索菲娅在修道院里哭着要他来,他已经好长时间没来了。在修道院里,她长大了。她在那里生活,然后辗转到过多个修道院,直到她来到这个修道院,直到现在依然生活在这里,不知何为男子气概,没有见识过其他男人的生活,除了那个瘦削、哆哆嗦嗦的爷爷,只记得爷爷长着胡子,长长的脸,慈祥而温情,只记得他的拥抱就是她的整个世界。而现在,她在这个修道院望着汉纳的身体,在修道院的池塘里浑身赤裸,她见到了男性身体的美,由于条件限制和她命运的变迁,她心甘情愿被禁止去看。她比较这两个躯体,汉纳光滑的躯体和爷爷松弛的躯体。她将此归因于汉纳的严厉与倔强,爷爷的慈祥与温和!

第一次忏悔:

> 我觉得我不懂男人,在我独自一人的时候将其混同为一个梦,仿佛他就是空气,或者是柔软的窗帘,或者是光滑的丝绸被单。

我觉得男人是一泓甜蜜的东西,我不知道为什么会有这样的感觉。男人就是像以前吻我的爷爷一样美的人。尽管爷爷那长出来的胡子会扎着我,但我喜欢他的亲吻,喜欢他的拥抱。他每星期只剃一次胡子,就是在星期天的早晨,在太阳升起之前剃干净。所以,我经常在星期天上午看到更漂亮、更年轻、更甜美的他,看到他穿上唯一的正装,显得更加神采奕奕。那件正装还保留着原有的形状、颜色和几颗纽扣,衣领和衣裾的刺绣十分显眼。我更加心甘情愿地投进他的怀抱,而融入希冀的呼唤却少得多了。啊,我的神啊,这就是他的形象,充满了我的心和我的灵魂。为了你们,我把这一形象拥进我的怀抱,纳入我的心扉,靠在这一形象的身上,我沉入了梦乡。

当我长大的时候,我开始对男人怀有期待。我感觉内心有一种东西把我拉向男人。我的胸脯隆起来,突然地,我开始在镜子前看自己的胸脯,我解开内衣的扣子,看自己的乳房。开始的时候,我哭了,担心自己的胸部长了肿瘤,但是,不疼,也不痛,我好几次独自一人哭泣,我好几次让我的心独居一处,问它究竟发生什么事儿了。在修道院里,我变得很孤独,因为原来和我住在一起的三个女孩儿搬到离他们的亲戚居住地很近的修道院，和我断绝了来往。我害怕自己的秘密在修女们面前泄露出来，但是我胸口的"肿瘤"变得很大，直到一个修女对我直言不讳地说出来，我才对她大喊大叫。她把我带到洗澡间，对我说，你似乎"幽会"了，这是必然的事情。我一点儿也听不懂她的话，在她面前，我觉得很尴尬，因为她开始盯着我试图用宽松的衣服遮掩住的胸部。我当时不知道，泄露我的秘密的还有我的身高、我的嗜睡、极度的疲劳、轻率急躁和快速的冲动，所有这些事情都使我无处隐遁，特别是我吃有些种类的饭食会烦躁不安，自己躲到一边去，好像因为饭食不合胃口而发脾气。那位修女将我领到洗澡间，坚持和我一起进去，让我给她看看，我阻挡了很多回，但她一直坚持着，并且让我明白这是她必须完成的义务，于是我脱光了，她也脱光了。在我给她看之前，她先给我看，于是我看到她胸部的"肿瘤"及其喷薄欲出之势，然后才看到我自己胸部的"肿瘤"及其喷薄欲出之势。我惊讶万分，问她：姐姐，你也患病了吗？她笑了，向我解释一切事情。她谈起了女性特征，谈起了女人和身体的性质，谈起我以后如何迎接即将到来的东西，我将会变得更加成熟的情况和其他一些情况，她还为我解释了它们的特征和途径，以及该如何去面对，如何去战胜,如何隐藏起来。那一天,在洗澡间,我知道了关于女人和女性特征的许多东西。我懂得了作为一个修女,为了主,应该牺牲肉体的欲望及其呼唤,懂得了修道生活的美与神圣,无论在什么情况下,当一个修女和他人在一起响应身体的欲望及其呼唤的时候,这种美和神圣性就会像绳索一样降临。她信誓旦旦地说,我将和上帝保持联系,将贞节的圣母作为可嘉的榜样,变得和圣母相似,与圣母更接近。

我当时想保持这种联系是我完全有能力做到的事,但是我却不能够,我的身体在长高,乳房在凸起,灵魂开始日夜寻找男人,不是别的男人,而是人世间唯一可以祛除女性相思病的男人,吸引她去接近的男人。我做了很多努力,但还是办不到。在最初的那些夜里,我由于厌恶自己的身体而无法入眠,除非怀中抱着一个漂亮英俊的男人,靠在他的怀里才能睡着。早上,我清洗掉这些欲望,把它们擦除干净。大嬷嬷是多么直言不讳,她建议我多做礼拜,多和主接近。我同意她的办法,也顺从了肉体的欲望。但是我没有在床上,也没有在森林里碰到一个男人,没有摸过任何一个男人的身体。爷爷一直是隔开我和男人之间的一堵墙,我们之间一直隔着修道院、礼拜和对男女之间隐秘欢乐的无知。

第二次忏悔：

当修道院里只有我们三姐妹的时候，我们之间开诚布公。我们中的两个已经达到牧师的等级，而另一个依然思恋着俗世红尘，她就是玛丽娅。我们常感觉到她在以巨大的力量抗拒自己的欲望，有时她胜利了，但是有时又失败了。

然而，那种思恋依然把她带回到最初的享受，带回到她与所认识的年轻人在一起时最初的神奇，他的名字叫戴阿斯。

我们之间常常开诚布公，无话不谈，我们也常常谈起男人的世界。我知道了许多以前不知道的事情。在我这里，男人成了一种视界，一个梦，一种享受，一个令人惊讶的丰富多彩的世界。而在此之前，在我看来，男人是魑魅魍魉，干燥枯瘦，卑鄙下贱，是不道德的根源！我们了解了很多招来男人又不和他们靠近的方法，但我们都一致认为这样是罪过，故敬而远之！

这种状况一直持续到了汉纳来到我们修道院！面对男人埋在灰烬中的灵魂又苏醒过来，就好像一把干草没有完全燃烧，尚未结束。我们多次努力要远离汉纳，努力要停止在他的世界周围绕来绕去，不去探查他的行为，但是我们常常是失败的。他就像我们身旁的一把火，为我们除掉了霜冻；他就像水，在我们汗水干了的时候滋润着我们。我们曾多次盘旋在他的周遭，在他的近旁；我们曾多次让他站住，质问他，使他在这种追踪与控制下迷茫到了极点，可怜的人，他还以为我们在监视他，监控他的行为。但是我们监视他，把他招来，是为了我们的灵魂。这些灵魂看到了男人却不了解男人，了解了男人又思恋男人，看到了男人又在自己和男人之间筑起一道道的障碍。而汉纳直到今天还不知道事情的真相！

最后一次忏悔：

当我在窗户后面看到他光着身子的时候，我四肢颤抖，痉挛抽搐，长时间的快感攫住了我，使我的目光离开他，而身体内部的力量又重新把我引向他。我看着他心旷神怡地把干净清凉的池水往身上撩泼，时而用核桃叶子擦身，时而用薄荷叶擦身。我当时觉得他就是我的灵魂，他就是我的必需品，觉得和他混为一体是我面对上帝的一种义务。但是，当洗澡的场景结束的时候，这些欲望就全部熄灭了，在我身体内部死去，连同祷告的第一个词"我们的主啊"一起消失。我没有放弃偷看汉纳赤裸的身体,我没有阻止自己的心这样做,因为我也已经满足,也已经相信,男人于我不过是一种景观,如此而已!

* * *

注解一:

索菲娅在修女中最美丽,懂得最多,和人们离得最近。她酷爱绘画,在修道院的墙上画满了神像,描绘了基督及其门徒的脸,周围的村庄与天空,还有照得亮堂堂的枝形吊灯。这些圣像没有悲伤,没有痛苦,朦胧中透着一种特有的温情。绘画是索菲娅的快乐所在,她的声音表达了她内心的自我和她的梦想。她的两位修女姐妹经常看见她为圣像跳舞,在圣像周围绕来绕去,以便和圣像交谈,说着悄悄话,或者通过舞蹈和圣像建立某种关系。只有在跳累以后,她才停下来,跪倒在圣像前大口喘着粗气,迷茫惶惑,或放声大哭,或轻轻啜泣,仿佛她是从自己的胸口把画像取出来,又好像她正在和圣像经历着生离死别。然后她就去做自己的事情,就好像什么事儿也没有发生过一样,又好像跳舞和哭泣的氛围是画像颜色的补充，而且是必要的补充！

注解二：

索菲娅画的画儿很多，画出的脸全像汉纳的脸！

注解三：

索菲娅，她就是两位姐妹秘密的收藏所，也是修道院秘密的收藏所。她的话就是结语，她的意见就是道路，她的目光就是行动。她就是避难所，她就是仁慈，她就是慰藉，她就是永恒的宽恕。要不是她，那两个姐妹就不会待在这个修道院里，汉纳也不会在这里。每当村里的乡亲要在修道院给孩子行割礼的时候，总是索菲娅准许的，首先为了洁净，其次为了未来！

*　　*　　*

玛尔佳娜

当玛尔佳娜来到这个修道院的时候，修道院只有玛丽娅和索菲娅两个人。有一个舍马绥奈村的妇女给她们俩每周送两次生活用品，一次是星期天上午，另一次是星期四上午。这位妇女一直来修道院送东西，直到玛尔佳娜来了以后才停止。

大概三十多岁的时候，玛尔佳娜决定献身修道院。她已经有过广泛而丰富的生活，她了解了所有的乐趣，了解了家庭的每一个角落，她见识了男人们的怜恤，也见识了他们的残酷。她已经享受过极其幸福的美妙时光。

起初，她的愿望只是在夜里有地方睡觉，在任何一个地方同任何一个人一起吃口饭，让招待她的主人拿去想要的一切。她并非孤身一人，她有亲人，和他们很熟，她有兄弟姐妹，还有母亲和父亲一起生活在一栋美丽的房子里，幸福安乐。玛尔佳娜是他们俩生的第一胎，早早地认识了他人，早早就被引到一个年轻人那里，然后是另一个年轻人，一个又一个，而那时她还只是一个青春期的小姑娘，她感到痛苦，她失去了自己身上最珍贵的东西。她有了和那个爱上的青年私奔的念头。这个青年很疯狂，又没有主见，也是一对很富裕的老夫妇的头生儿子，老两口儿的幸福紧紧地维系在他的身上；他们的生活只不过是为了他的一种驻足停留。他带走了玛尔佳娜，也带走了钱，和她一起走了。老两口儿焦虑痛苦，玛尔佳娜的亲人也放声哭泣。这对情侣过了几年幸福的日子，但是男青年突然从玛尔佳娜的生活中消失了。她不知道他去了哪里，又是为什么？她等了他很久，但他没有回来。她被迫做好几份工作，以便支付她所住房子的房租。许多人对她心怀叵测，她迎合他们，认识了他们中的很多人。她把自己送给了他们，他们也送东西给她。她常常抗拒恋亲人、忆故乡的倾向，在很多大城市熟悉了很多地方。她感受到思乡的情绪，感到别人对她的陌生感，这两样东西竖起一道篱笆，围住了她隐秘的生活，但是她也得了很多病，最后得的一种病是哮喘，让她心里很难受，在她醒着的大多数时间里晕乎乎的，容易激动，尽管她沉迷于欲望之中，追击着那没有灵魂的诱惑，她却常常在徘徊，每个星期天的早晨，她徘徊于各个修道院和各个教堂，在那里哭泣，请求得到宽恕。当她意识到现世是伪善，是欺骗，是欲望，是买卖，是奉承，是赦免，是遗忘，她开始产生了执意要摆脱这一切折磨的想法，想到一个修道院里去生活，在那里忏悔、祈求，与不睡觉不打盹的主彻夜倾谈，求得宽恕！

当她哮喘病厉害的时候，修道士们劝她去一个山上的修道院为主服务。她去了一家修道院，在那里生活了几年，后来才来到这里，来到这个修道院。

第一次忏悔：

当我第一次在黑暗中遇到白尔胡迈时，我们的手就在互诉衷肠。当他燃烧的脸颊贴近我那泛起红晕的双颊时，他点燃了我。我真的不知道我们是如何拥抱在一起的，我只觉得手掌、胳膊、脸颊、呼吸、嘴唇和头发都黏合在一起，就像发烧一样。当时的我激动振奋，觉得现世的幸福在这样站着的过程中被缩短了，在漆黑的夜里，在菜园子后面靠近篱笆的地方，远离着人群、话语和吃喝，甚至远离了空气。自从第一次啜饮，第一次约会，第一声叹息，第一个表示以来，我就被引向白尔胡迈。他变成我的梦想，我的希望，我的世界。我的心的悸动变成只属于他。我的洁净，我的浅吟低唱，我的梳妆打扮，我的镯子，我的耳环，我的笑声，我的窃窃私语，我的抚摩，我的美貌，我绯红的脸颊……所有这一切，如果没有他就什么也不是，所有这一切都属于他，只属于他。我曾盼望黑夜不要结束，好让我能见到他，让我吃饱他。白尔胡迈富有同情心，充满热望，柔软温和，像是一个魔幻的男人。他的一切话语都很甜蜜，他的笑声也很甜美，他的吻像糖一样甘甜，他呵在我脸上的气息是灼热而美丽的，美得胜过世上所有的树，所有的源泉和夜晚下带有露珠的鲜嫩的青草，比我以前所知道的一切东西都美丽。我觉得上帝创造了我，是为了他，仅仅为了他，而不是为了我的亲朋好友，也不是为了我能吃，能喝，能玩儿。为了他，我被创造出来。我相信这一点，便接近他。我还有一种感觉，当我不在他身边的时候，生活便毫无价值，时间变得难熬。于是我白天用我的眼神和冲动的远足追踪他；夜里，从初夜开始，我就和菜园的篱笆结交为好友，我站在它的石头上，我抚摩着它，感觉到它的温柔顺服。我倾听着昆虫越来越弱的鸣叫，陶醉在他们单调的嗡嗡声中，陶醉在他们的音乐之中，虽然自己站着，却觉得自己正在走向白尔胡迈。就在我漫不经心的时候，我的心却准确地抱住他，同他谈话。尽管等待的时间很痛苦，但我在等待他的时候却感到时间的美丽。当白尔胡迈来的时候，一切恐怖的东西都消失了，一切丑陋的、痛苦的东西也都无影无踪了。

白尔胡迈唤醒我的身体，我和他一直探索我的身体。白尔胡迈喜欢在我的心里冒险，于是我和他一起走了，远离我的亲人。我在多个大城市里生活过。当白尔胡迈走了以后，在失去他以后，我也走了，消失了，但是白尔胡迈一直存留在我的灵魂里，一直和我在一起。尽管我们之间发生了这一切，他仍然是一种美，永不消逝；他仍然是一个灵魂，不需要我的灵魂！

第二次忏悔：

在白尔胡迈之后，我认识了其他的一些男人。身体的呼唤，一天天的日子，都在迫使我去认识他们。但我在他们中间没有瞥见白尔胡迈的面孔，也没有瞥见他的灵魂。他们的气息极为不同。是的，通过呼吸是可以辨别一个人，和另外的人区分开来。呼吸气息就是一切！一切！

* * *

注解一：

玛尔佳娜那时候对植物有着极大的嗜好。她认得很多植物，喜欢得很，在修道院的里里外外，在各个房子都摆满了花草和小树。修道院的菜园成了玛尔佳娜的花园，是她的"儿童乐园"。她的幸福，就在于种植奇花异草新品种，了解它们的益处，因此，她在修道院里有点儿像大夫，给周围各个村的人治病。但是另外一个嗜好超过了玛尔佳娜对花草的关注，那就是她痴迷于制作小鸟娃娃，用布做成了各种样子的小鸟，这些小鸟似乎成了花草小树的补充陪衬，多姿多彩，大小不一，散布于修道院内！

注解二：

当玛尔佳娜第一次看见汉纳在池塘里光着身子的时候，状如电击，几欲昏迷。她被这一景象惊呆了，陶醉了，仿佛把她带回到她过去的生活。当她第二次看见的时候，心中颇为震荡，但再一次看见的时候，她已经习以为常，轻而易举地抽身而去，视若无物。那景象变成了仅仅为了让她想起无谓的往昔，仅仅为了回忆，没有欲望，也没有兴趣！仅仅为了那消失得无影无踪的白尔胡迈！

*　　*　　*

旁　注：

这些旁注都出自我老祖宗的笔，是对修道院发生的事情所做出的评论，对修道院与叶尔孤白及其女儿们的关系的评论。老祖宗在这里以日记和注释的形式说出了许多想法。

旁注一：

在叶尔孤白和他的女儿们来到这一地区之前，修道院和修士们仍然一如往昔，但他们已经从人们那里听说了关于这个男人的一切事情，那些人去舍马绥奈村和邻近村庄拜访过叶尔孤白。这些人说的一句话，就像铃声一样一直在其他人的心里回荡：

"这个男人是个生意人！"

有人向他们打探详情的时候，他们就多解释一下，说他发了烧似的到处找钱，如果他的计谋没有得逞，无法获得金钱，那么，他会毫不迟疑地卖掉他所拥有的一切，甚至是他的尊严！

他们补充说，叶尔孤白的资本和他的尊严就是他的几个女儿，而她女儿们的资本则是她们的美貌。当叶尔孤白走的时候，他的女儿们就获得了解放，她们就会有保护人，也会有敌人。一切都将消逝，她们的美貌也将消逝，保护者和反对者之间的分歧也将消失，一个敌人和另一个敌人在她们身边聚合的因素也将消失！

旁注二：

在知道了叶尔孤白谈论自己的神奇能力之后，他们说："他是个骗子，解决不了人们的难题，治不了他们的病，连他们的牲口也治不好，小孩子让他做割礼手术也不安全。他从来不种树，不养牛，也不养骡子，因为不论在一个地方待多久，他都不喜欢被拴在那个地方。叶尔孤白及其同类人，自从他们诞生的那一刻起，喜欢从一个地方迁徙到另一个地方的细菌也同时产生了，他喜欢孤独，喜欢隐匿，因为其他人就像阳光一样，照进他的内心，照进他的深处，照出他那廉价的目标！"

旁注三：

当叶尔孤白来到这个地方的时候，修女们更加关心孩子们了，特别是对他们的教育。玛尔佳娜更积极地发掘药草的好处和治愈各种疾病的效用。修女们召集来那些为了生孩子而去找叶尔孤白的妇女们，和她们长谈，谈了很多次；这个男人所做的是一种虚无缥缈的东西，是妖术，是魔法。修女们当着她们的面打开他写了字的一些纸卷，读出上面使人痛苦和自我解嘲的话语，说明他嘱咐服用的许多药草是对身体有毒的，有害的，会导致不育。修女们还说，应该将这个男人驱逐走，因为他是危险的、害人的敌人……这是宗教的义务！

第一卷　牺牲·一

叶尔孤白和他的女儿们刚到舍马绥奈村立刻就被吸引住了！展现在父亲和女儿们眼前的一切使他们全然忘却了苦恼。姑娘们迈不动步子，一步一回头，身上橙色的衣服在阳光照耀下显得越发有光彩。父亲在前边儿走，女儿像被拴在父亲身上那样在后边儿跟着。父亲那头白色的驴子在前边迈着步子，像是在光秃秃的红土上滑动一般（时值初秋，正是气候温和适中的时候，空气舒爽宜人，微风阵阵，打谷场成了孩子们的乐园，成了他们夜谈和熬夜狂欢的地方）。叶尔孤白缄默不语，女儿们都有些疲惫了，驴子也懒懒地踟躅向前，面容上毫无狂躁或是满腹牢骚的神情。后面的女儿们安静而迟缓地挪着步，一副不紧不慢的样子。他们就这样走在布满尘土的羊肠小道上，四周是高大的鸡纳树，还有葱郁的黑莓树，有的正开花，有的已经结果。至于茂盛的菩提，则如篱笆一般笼罩在道路的两旁。

看起来他们似乎是说了太多的话……突然一下子都沉默起来，这样一直到他们的驴子迈过村庄的北边儿，经过了一户户的人家，经过村民的果园、菜园和牧场。驴子没有左顾右盼、转来转去，也没叫唤，倒是叶尔孤白自己不时地跟一些村民招招手，打打招呼，或是点点头致意一下。

　　他们的这副样子引起了人们的同情和伤感（一些村民以为他们是走街串巷的贩子，或是职业匠人，就像那些擦亮铜盘的工匠，或是专治烂牙的吉卜赛人，要么不是来带走金币的骗子，就是夜晚卖艺以求生计的江湖艺人）……这么一个身材矮小、衣衫褴褛、面颊通红、大鼻子、须髯浓厚的中年男子，瘸着一条腿（确切地说是右腿），走起路来一拐一拐，右肩沉得比左肩要低，因而像只袋鼠。他咂着双唇，似乎食物的余味和残渣犹悬在嘴际，一路上他都在努力去除它们，但徒劳无功。他用手揉揉眼睛，很古怪地舞弄着眉毛，目光在四周沮丧的年轻姑娘、房屋、人群、牲畜、深谷、洼地和岩石……一系列的物象间徘徊游荡。身后的女儿们显得高矮参差，面容苍白，她们赤足走在尽是尘土的小道上，毫不在意脚下尘土炽热灼人，似乎经过长途跋涉后手里拎着的鞋子对于她们的脚来说已经显得有些局促。她们像一群被俘获的俘虏，既不东张西望也不言语地走着……唇和脸都蒙着，尘土和疲惫遮住了她们光彩照人的面容，掩盖了皮肤的白皙和红润。那头白色的驴子也跟这个父亲和他的女儿们一样颓丧，似乎全世界的覆灭都降临到了它的身上，行动变得萎靡，身上有些地方的毛已经脱落，显得很荒凉，眼里流淌着白色咸涩的泪，尾巴上的毛稀稀疏疏，一只耳朵被连根割去，口子一直裂到两耳中间，一路驮着重物走来，肚子几乎看不到，显得瘦弱不堪，有两只膝盖显得有些畏畏缩缩，血在上面流着，驴子一次次吃力地喘息着；偶尔几步像是要整个坠到地上去，然后极其艰难地转动身子，挺起来继续它的行程。

　　叶尔孤白和他的女儿还有他那白色的驴子就这样从村子的北面走了过去，没有引起什么喧哗，没有狗朝他们叫唤，也没有鸡从他们跟前惊恐地跳过。他们来到舍马绥奈村南面，在距离那些临河的屋子较远的地方，驴子首先站住了，接着是叶尔孤白，然后是女儿们，叶尔孤白未假思索也未预先探询一下，就用深沉的嗓音嘟囔了一句：

　　我的姑娘们，就是这儿！

　　声音如同从陶罐中发出一般，引起了大家的注意。

　　这儿紧挨着那座古老的桥，靠着一片长满小甘蔗林、芦苇、莎草、伏牛花的开阔地，这些树的叶子还没黄，树向高处和四周蔓生着，宽大锋利的叶子高出了那座古老的桥，由于晌午灼热的来临，叶子都显得无精打采、昏昏欲睡。旁边还有水力带动的磨坊，磨坊里的喧哗声一阵阵高起来，像是对着一旁的石头歌唱，石头上套着拴驴子和骡子的缰绳，是这些驴子和骡子将一袋袋的小麦从舍马绥奈村和附近村庄驮过来磨面的。磨坊黑色玄武岩的结构与白色的面粉相衬显出某种亲和，驱散了那被一片宽阔的芦苇、黑莓、鸡纳、柳树、菩提、白杨、无花果、石榴和月桂树林所包围的河流的寂寞。距离河流稍远的地方，屹立在岩石旁的是笃耨香树、稻子豆树、筱悬木、冬青槲、松树和桑树；树的周围又是挺拔的长着长长的、黄色的刺的树，紧挨着岩石，要么与其成为一个整体，要么倚靠着它；岩石荫蔽的缝隙里怀抱着些鲜活的植物。

　　这时叶尔孤白提醒女儿们：

　　就是这儿……我的姑娘们！

　　没人说话，没人抗议，也没人表示吃惊！似乎地方虽然陌生，她们却早已知晓，遂不紧不慢地将目光移向四周，很快又很随意地将目光集中起来，她们忙着帮父亲解开驴背上捆行李的绳索，父亲呆呆地在那儿立了一会儿，松了口气。不出几个小时，两间闪闪发光的金黄色芦苇编的杆儿搭成的小茅屋就被极其娴熟地立了起来，里边是粗帆布；两间紧靠着的茅屋没有窗，也没有房基，沙浪将他们狠命地朝地上拽，周围围着大大小小的石头，一个挨着一个靠得很紧，屋顶用几枝鸡纳树和柳树的枝条以及层层的河石固定，这些河石原本散落在远处河岸一片很开阔的地方。茅屋刚造好，叶尔孤白就开始把树枝削成橛子，以便为刚落成的新家筑一道篱笆。女儿们则忙着为篱笆挖槽。等到用泥和石子将橛子固定在挖好的槽里，并把两间茅屋的入口调整好，他们取来一些荆棘围在茅屋周围，这下子才从远处看了看，轻松地舒了一口气。他们有了一个树木环抱的家，旁边是一条延伸开去的小土路，一座古老的木桥，喧闹的河流，还有那周而复始、一成不变转动着的水车伴着一旁的水槽，显出几分祥和。随后，他们沿着曲折蜿蜒的小径来到桥下，面向河流，打量着它的宽度和水位，水比冬天时已经退下去很多，桥墩那儿留下白色的盐迹，在阳光下显出泛黄的色彩。

　　在桥的一侧，桥能够遮得到的地方，他们开始清洗自己身上的污垢。姑娘们借着一旁稠密的芦苇把自己挡得严严实实，这样才开始洗浴起来。相互间泼水嬉戏、窃窃私语的声音渐渐高起来，仿佛那生机又回来了，重新潜入到她们原本将其消耗殆尽的身躯。她们咬耳朵的声音越来越大，大得叶尔孤白不满起来，于是便呵斥她们，促其赶紧结束，因为他们白天的活儿还没有完全告终，而太阳已经偏西，太阳一旦偏西的话，就会转眼消逝的。

　　叶尔孤白洗了洗，又喝了点儿水，扫视了一下四周，嘴里嘟囔着些谁也听不懂的话，面庞上充满惊异和感叹的神情。他双手极其温柔地抚摸着桥面，像是在抚摸着婴儿柔嫩的发丝哄其入眠！

　　他在河流这儿获得的第一样食品就是黑莓树的果实，五颜六色、味道各异，那是在督促女儿们的时候……女儿们穿着湿湿的衣服向他走来，衣服全贴在身上，将她们身体微小美妙的细节、明显的女性特征活脱脱地显露了出来。此外，她们红润的面庞纯洁而清澈、光彩照人，步履纤柔。似乎洗浴的到来就意味着不再是一副苦累的模样,它是一种放松,可以无拘无束。当她们来到父亲那儿,见父亲正弯腰摘黑莓树上或红或黑的果实,父亲一见她们就把满手掌的黑莓递了一些给她们,并且说道:

> 这黑莓树就像我们一样,外表很凶很冷酷,果实却鲜美无比!

父亲用嘴唇在女儿们脸上印上了漂亮的葡萄色,使得她们越发美丽可人。她们开始在父亲周围拾起那些藏在树枝和开始变黄的树叶间的黑莓、无花果和石榴的种子来。她们把父亲丢在一边,开始追逐嬉戏,女性丰盈的美在她们身上已全然显现,她们就似突然从天而降的女神,似乎是为着赐福她们所遇到、看到和触摸到的所有一切而来。叶尔孤白的心被那多姿多彩的欢乐所充溢,这种欢乐是他从来没感受过的。他攥紧了手,就像握紧未来的日子那样坚强有力。接着,他从怀中掏出发黄的书页,开始高声朗读起来:

> 在你的生命中你遇到了岩石、荆棘、交错的小径,行程中你没有父兄,但主会佑助你,原本心已死,已绝望。莫要沮丧吧,因为荆棘中有为你生出的鲜美可口的食物,交错的小径会引你到你想去的地方,人们中间有讽刺挖苦你的父兄,有给予你帮助者和温情者,站在岩石上显露出你自己吧,你已高过众人,因此,莫要哀伤。当走投无路时,拽拽那将你与主系到一起的绳子,主就会回

应你，他会擦干你的眼泪，抚平你的伤口，振作你的翅膀，加紧你的步伐，帮助你获得你所向往所期望的一切！

　　叶尔孤白环顾四周，看到岩石、荆棘、狭窄交错的小径，看到自己的女儿们，还有果实……他点点头，似乎他所朗诵的句子正是他周围图景的体现，他感到一种心满意足的欣喜。他把书很快地收回怀中，久久地察看了一下天空，接着就召唤自己的女儿们一道回新家去。他们刚到屋子的附近，一个个马上都瞠目结舌，他们的表现令他们自己都感到很吃惊，阴云又笼上姑娘们的脸庞……一个高大魁梧、挽着袖子露着两只强壮胳膊的男人正在等候他们。那人站在一块巨大的灰色岩石旁，当叶尔孤白和姑娘们抬起头的时候他开始打量起他们来！叶尔孤白作为一行人的领头人满脸堆笑、和和气气地迎上去，那人问他道："是来客，是迁居者，是旅行家，是被流放的人，还是求知的学生?！"叶尔孤白回答他，并未做过多的解释，说自己是这座桥的守卫者，名叫叶尔孤白，那些进了屋的女孩子是他的女儿，他将在当局的授权下看护并守卫这座桥。现在他正忙于料理这个用芦苇搭建、里边堆放着粗帆布的小家，在当局准许他建造一幢石屋让他、他的女儿以及来访者抵御冬日严寒的批文到达之前，在妻子逝世之后，他将和他的女儿们生活在这屋子里。叶尔孤白慌忙地从衣服里取出一个装文件的纸包，当着那人的面打开，让他看上面授权自己看护守卫这座桥的字句，特别是签字盖章的地方。叶尔孤白对他说，他将和女儿们在桥旁边生活一年或者更长的时间，视情况而定，若事情顺利，则继续待在这儿，不顺利的话就迁到别的地方去。漂泊已经成了他的生活，家在哪儿对于他来说已经没有什么意义。他还想再对这个又高又壮的人说明一些别的什么，但这人打断了他，并走上前去对他表示欢迎，似乎看到官府的批文使得他一切

的解释、所有事无巨细的陈述以及对一些别的问题的说明都变得画蛇添足,那人进一步朝叶尔孤白迎上去,同他握手,说道:

邻居,欢迎你。我是夏亨,榨油坊的伙计,我的主人派我来这里迎候你的到来。你的到来令我们万分荣幸!

叶尔孤白又惊又喜,谁在期盼着他的到来?他如何知道他的信息?他正想问问夏亨,夏亨却转身走开了,于是他也转身朝女儿们走去,脸上满是诧异和迷惑的神情。在回新房子的路上,他不时地朝渐渐走远、几乎就要消失在众多岩石后边的夏亨看去。当他来到两座小茅屋门口,女儿们都站在那儿,看到女儿们脸上惶惑难堪的神情,他笑了笑,说道:

他是夏亨,榨橄榄油作坊的伙计,是来欢迎我们的!

似乎唯一知晓一切的,是那个指使夏亨来询问叶尔孤白是谁、从哪里来、为什么到这儿来的那个人。因为夏亨到了榨油坊,有关叶尔孤白和他女儿的消息才在作坊的人们中间传开,因为叶尔孤白从未听村里有人问过他夏亨所问的那些问题;这儿的村民很少将叶尔孤白和他女儿们为之而来的那项工作当回事儿,他们只相互问道:

可怜的人,他的女儿多可怜啊!他要为谁看护这座桥?!他要守卫它……怎么守?!

这座桥从来就未曾需要守护,也没人守卫过它。人畜自上面通过,从这一头儿到达那一头儿,从未需要得到任何人的许可,叶尔孤白和他的女儿们怎么回事?问题无数次被人们提起,却没有答案,桥的看护和守卫对他们究竟意味着什么,只是在很久以后才能明了!

是的,叶尔孤白、他的女儿以及他的驴所组成的队伍当初确实没有引起人们的注意,因为大多数舍马绥奈村村民那时候正在屋里午睡,也因为他们似乎只是经过了一条道。但当这支小小的队伍在桥旁边安顿下来,当叶尔孤白和女儿们搭起两间茅屋之后,人们就开始议论起来。加上夏亨把有关他们的消息一传布,他们便渐渐引起了人们的注意,消息不胫而走,像光影一样散播开来。

首次引起注意的是,叶尔孤白坐在坐骑上,位于女儿们的中间,对着新家,一脸严肃,垂着手,一动不动,女儿们问道:

怎么啦?!

叶尔孤白平静而奇怪地答道:

女儿们,你们还干净吗?!

女儿们异口同声地回答:

是的,父亲!

她们等着父亲再说什么,可是父亲又恢复到沉默不语、闷闷不乐的状态。只见泪水从他的双颊滑落,润湿了他的鬓角,女儿们围拢过来询问他悲伤哭泣的原因,他仍一言不发,不回答,这使得女儿们更加不知所措，只能推测着可能导致父亲突然悲伤哭泣的各种原因。

大女儿说道：

> 我们的母亲，我们知道。尽管她那样残忍地对你，你仍爱着她。
>
> 放心吧，父亲，我们不会让你孤零零一个人的！

二女儿用手绢一角擦了擦流下来的鼻涕，嘟囔着说：

> 别伤心，爸爸。村子里的人会来欢迎你的到来的……你没见那人吗？！

小女儿凑过去对父亲咬耳朵：

> 爸爸，恐怕您是饿了！

就这样女儿们为了让他说话，说出是什么使他遭受打击，引起哀伤以致一下子哭泣起来，不停地对父亲使用各种招数，并杜撰着各种可能导致父亲流泪的原因……但他仍如一开始那样哭泣、沉默、长久地抽搐，这使得女儿们真的不知如何是好，不觉担忧起来。

突然，叶尔孤白停止了哭泣和抽搐，打破了自己的沉默，说道：

> 你们都在我的身边吗，女儿们？！

女儿们殷切而诧异地答道：

当然，父亲！

女儿们想或许是父亲突然患上盲症，或是中风瘫痪了，对周围一切没了知觉，再也看不见了。

她们急匆匆地朝父亲靠拢过去，与父亲挨得更近了，紧贴着父亲，开始焦急地抚弄着父亲。当她们知道父亲并没有中风瘫痪，他的视力也没问题时，她们又开始询问父亲哭泣的原因。父亲一字一顿、心灰意懒地回答：

之所以流泪，我的女儿啊，是因为我必须为我们这个新的安身之所献祭一点儿圣洁的血，不见血主就不会赐福我们让我们在这儿立足！

突然间世界似乎变得昏暗无光，喧嚣奔腾的河流霎时间凝固了，狰狞、狂野的牛群冲下悬崖直至幽深的谷底……一切都安静下来，一种令人不安的肃静占据了叶尔孤白和女儿们的心，他们惶恐地相互对视，大女儿走近父亲，问道：

父亲，你要买牺牲？！

叶尔孤白摇了摇头，二女儿忙说：

母牛！

叶尔孤白再次否定，小女儿心不在焉地嘟囔了一句：

牛犊！

父亲摆摆手表示否定。大女儿又问道：

父亲，您自己宰吗?!

叶尔孤白没有抬头看女儿，他的头低得几乎要贴到地面，说道：

不，我要做出牺牲了！

她们把父亲围得更紧了，惊恐不安地嘀咕着：

谁，爸爸?!

父亲眼睛都没转一下，说道：

你们中的一个！

又一次沉默。没有任何动静、任何嘈杂的声音。窃窃私语都没有，似乎连呼吸都停滞了……突然，大女儿叫喊起来，女儿们的哭泣声立即充溢了整个空间，她们紧紧围绕在叶尔孤白的周围，拽着他的脖子，恳求他不要那样做。她们倚着他的脸，靠在他的胸口，父亲摩挲着两只手掌，那两只将会对自己的一个女儿行牺牲的手。女儿们则抚摩着父亲脸部和头上稀疏的毛发。她们吻干父亲脸上的泪，哀哀地央求父亲，颤颤巍巍地呼唤着父亲，声音里已不再有响亮的音调：

爸爸，爸爸！

叶尔孤白平静得一动不动，仿佛石化了一般，女儿们的低语、啜泣、带着哭腔的苦苦哀求绞绕在他的周围："爸，爸！"

父亲目光呆滞，只万分伤心地说了一句：

我没有办法，女儿们，你们听到了吗?!

女儿们的哭声更大了，哭声中的凄惨向着更远的地方扩散开去，这灼人的、撕心裂肺的时刻就这么一点点挨过去，姑娘们紧紧围绕在父亲身旁，她们面面相觑，似乎已经屈服于父亲的意志。她们全趴倒在父亲身上，他的身躯几乎要因悲苦的恸哭而被撕裂，心情更加沉痛，手足无措，对女儿们的恻隐之心使他心烦意乱起来。大女儿大着胆子问道：

父亲，是将我作为牺牲品吗?!

父亲没有看女儿，只摇头表示否定，小女儿贴上去，问了同样的问题，父亲看着她那涨红了的、转眼已被泪水冲洗了一遍的脸庞，又肯定地摇了摇头。二女儿随即以前所未有之势大哭起来，似乎父亲的选择落到了她的身上。她从父亲和姐妹们那儿逃出来，向着村子的方向跑去。她惊天动地的哭声和喊声于她之前散播开去，父亲追赶她时，她没有回头，也没有看姐妹们一眼，周围只有一群当地的村民。

村民们抢着步子，就像是赤足走在荆棘上一般。他们面露诧异的神色，疑惑紧紧尾随着他们。当他们来到临着两间小茅屋的地方，看到叶尔孤白正抡斧子劈树干。旁边两个女儿边哭边四处收集散落的木头。小女儿——父亲的选择已经落到了她的头上——看起来比姐姐要积极一些，她跑来跑去地拾着遍地的树干，就好像将要发生的一切与她毫无干系！当人们来到叶尔孤白那儿的时候，叶尔孤白放下斧子和树干，用手擦了擦脸，走过来向人们表示欢迎……他弓着背，搓着双手，鼻头上渗出了汗珠，头上的头发稀稀疏疏地散开来。

当人们问起他的女儿所告诉他们的一切时，他告诉人们确实如此，那就是——正如他们所看到的——他正准备砍橡树桩做一个祭坛。他要用鲜血使得这座桥和这条河更加美好、更加神圣，这会在明天的太阳出来之前完成，这样，对于他到这儿来和在这儿的稳定主都会赐福。人们这才明白过来，于是他周围的人全都喊起来，企图阻止他这样做，但他仍然一意孤行，并对人们喊道：

你们呀，主终归是主！牺牲是必须得有的！

人们将他团团围住，他的劲头儿似乎松弛下来，显出有些缓和的样子。他的所谓虔诚如此愚蠢，为了某个古老的神话就要结束自己一个美丽女儿的生命。他没有回应周围的人，他不接受他们所说的，就这样谈了很长时间，争论了许久，很多教训、事件和人们口头的谈资被频频引入，最后，在人们的坚持下叶尔孤白同意跟着他们到村里去，而村民也信服了牺牲是不朽的事儿，但他们希望他能将行牺牲的日期推迟。

在叶尔孤白与村民谈话的最后，似乎应该有什么人来阻止他按他的决意去做，尽管他如此固执己见，表现得如此勇敢，如此这般地批驳村民们的想法，他还是跟着村民们走了，女儿像疲惫的侍卫一般围绕在他的身旁。

* * *

旁注一：

舍马绥奈村有个名叫拉哈蒙的瘦高个儿男人，要画出一条很清晰的分界线来区分他的聪明与愚蠢是相当困难的。很多时候他看起来绝顶聪明，很多时候他又显得很偏激、愚蠢至极。这是个很有意思的人，衣衫破破烂烂，或者说极少像常人那样穿着，面容显得神采奕奕，开阔的胸膛长满胸毛，眼睛很大，额头宽阔，鼻子精致而稍稍显长，须髯都是刮干净了的。无论本村还是周围村庄的人都很喜欢他，很多小孩子也都模仿他，因为他在本村和外村的不少姑娘们那里极受宠。他经常谈起他的恋人艾宰莱，他的恋人抛弃了他，跟一个猎人走了，那个猎人是经过村子的一队猎手中的一个。猎人用甜言蜜语诱惑她，称自己的家乡生活有多么美好，又用自己匀称的体形勾引她……于是她便同他一起离开了！

她一走，拉哈蒙就疯了！

他久久地到处找寻着爱人，多少次为了她而四处流浪，甚至数次昏厥过去不省人事。然而他并没能找到他的爱人。艾宰莱一直无影无踪，消失得远远的；拉哈蒙却仍白天黑夜地寻觅着她，在山谷里、村庄里，在河边茂密的树林中……然而都一无所获！

随着时间的流转，艾宰莱消失——或者说跟着甜蜜的猎手逃跑已经是很久以前的事儿了，对她的谈论和描述也已是陈年旧题，但随着时间一天天过去，她的形象变得越加美丽，越加丰满动人，她真实的出现反而越来越无关紧要，甚至在我们的脑海中她已变成了天神，吃的跟我们不一样，穿的也与我们不同，有着超凡脱俗的美，那种美绝对是无与伦比的！

当叶尔孤白、他的女儿和那头白色的驴子一行队伍从村子的一头儿经过时，拉哈蒙正躲在一座果园矮墙的阴影里，那道矮墙是用黑色的玄武岩堆砌成的，石头一块块垒得很紧密以便不会垮掉或是发生倾斜。长久的奔波之后，在各条街巷、四面旷野到处找寻艾宰莱的他被折磨得很疲惫，那旷野对他来说是属于他的，除了他谁也不会和它说话，对拉哈蒙，它常常满怀歉意，因为似乎是它将他的爱人艾宰莱藏匿起来与他隔绝的！它与拉哈蒙如此亲近，不会像别人那样呵斥他，或是凶暴地对待他；它会让他在每每湿润的微风吹拂起来的时候尽情地呼吸艾宰莱的气息。

当叶尔孤白和女儿们从拉哈蒙对面走过的时候，他朝他们叫喊，并将十指交叉放在头的下方，久久地注视着他们。叶尔孤白停下来，接着是他的女儿、他的驴，就好像他们是一个整体。他们朝拉哈蒙看过去，只见他敏捷地站了起来，个子很高，头发很长，朝着他们走过来。驴叫了一声，他退了几步马上又站住，又朝着叶尔孤白走过去，叶尔孤白身后护着的女儿们高高的个子令拉哈蒙显得有些迟疑。叶尔孤白和女儿们脸上现出惊恐害怕的神色，拉哈蒙以一种疑惑和诧异的目光长久地注视着他们！叶尔孤白用手拭了拭有些凸出来的眼睛，他身后的女儿像刺猬一般等待着拉哈蒙开口，他会说些什么呢？父亲又会如何回答呢？

叶尔孤白没有说话，拉哈蒙没有说话，女儿们也没有说话。拉哈蒙转身回他那玄武岩墙壁的暗影里去，影子已经向四周拉长了，拉哈蒙用右臂遮住眼睛，似乎过了这么久，他已经很困了。他一走，叶尔孤白的队伍就又挪动起来。叶尔孤白先看了看女儿们，在空气中翻了翻手掌，迈起步来，女儿们在后边跟着，他们的白驴驮着沉重的物品，步子既缓慢又虚弱。他们这样走着，直到把葡萄园、无花果园、菜园、村庄，还有拉哈蒙——其长时间的沉默弄得他们惶惑不安、不知所措——都抛到了身后。他们朝水车、朝高高的山岩走去,那山岩中间有一条窄窄的山道直通向那座古老的桥!

*　　*　　*

细节说明:

没有人知道拉哈蒙是哪里来的!又是谁把他叫作拉哈蒙的!他是如此喜爱舍马绥奈村,喜欢这儿的村民,因此就在这儿生活下来。有时他从树枝上摘果子充饥,更多的时候是讨点儿各家吃剩的饭菜。他是个精力旺盛的人,在打谷子、收割的时节,在农忙的日子里,他总是会给人们搭把手,有时放放牛羊,关于他有许多稀奇古怪的小故事!

第二卷　牺牲·二

在舍马绥奈村叶尔孤白和他的女儿们受到了尊重和信赖。姑娘们在确信已经逃脱了父亲原先要行的牺牲礼、在苦楚的恸哭过后，在一番折腾使得她们疲惫不堪之后沉沉地睡去！

那种尊重，那种信赖使得叶尔孤白也不禁掂量起自己对周围的村民所说的那一番关于牺牲及其重要性的话来。他告诉他们牺牲能祛除将要降临的邪恶和罪孽，带来好日子，带来心灵的安宁和纯净。他向他们谈起他的妻子拉海尔，她一辈子都要他对自己卑躬屈膝地弯着腰低着头，甚至曾经让他四肢着地在她和众人面前行走。她联合整个世界与他作对，在很多场合、很多事情上一味要占上风，使他失面子，使得他的女儿们也很孤立他。但是主以她的病痛使他重新找回了自己的尊严。接着又抬高他的地位，于是她的线就断了。他还对他们说在他妻子得病之前的几天里他常常夜里满头大汗、异常恐惧地醒来，发现周围围着一群瘦高个儿、面色苍白、脸形修长的妇女，她们站在那儿忙着纺羊毛，那羊毛那么多，那么白。纺出的线在她们面前堆得很高很高，就像海里的泡沫一般，一直遮到她们的胸口。她们一声不吭，根本不注意他的存在。她们的样子使得他胆战心惊、恐惧万分。他只见她们的手

一刻不停地动着,眼珠子一动不动。这时,周围的人问叶尔孤白:

然后呢?

叶尔孤白答道:

我怀着对我所见的一切将信将疑的心理久久地注视着她们,好几次我的口水都流了出来,我呼救以壮胆,以求得内心的平静。我问她们怎么进到我屋里来的,她们在做什么,为何我醒了之后她们仍一声不吭?!她们当即回答我说她们可以在任何时间进入到任何地方,因为她们是坟墓里出来的死魂灵。她们织的是生命线,是造人用的,以便能够延长他们的生命,她们要是让线断了,人就会死去。

我看到的她们手中的线就是人的生命线,有的很长,有的很短,有的刚刚开始,有的已经结束。如此这般!她们那一晚到我家里来是为了掐断我妻子的生命线!她们让我醒来是为了给我一个赎回我妻子的机会——假使我愿意的话。或者如果我乐意,我便可以使她的死延期。她们对我说随时准备帮助我实现上述的任何一个愿望,只要我愿意!

她们安静地等待着我的回答。该我来问她们我用什么来赎回我的妻子,或者我如何才能推迟我妻子的死期!

　　我被自己的处境和惊诧弄得左右为难、不知所措。我走过去端详了一下从她们手里冒出来的白色羊毛线,绞合成泡沫状,就像是一口大锅里沸腾的奶汁,这时我突然有了勇气,我向她们要求给我一些时间以认真确定我到底希望怎样,是赎回她还是延长她的死期?! 她们很不耐烦,几乎就要对我发火,然后无声无息地消失得无影无踪,而我都还不知道我该做什么! 我想了想我所看到的一切,反复地问自己这一切是怎么发生的,为什么会发生?! 我彻夜难眠! 早晨,我确信昨晚是做梦或是发生严重的梦魇,就这样我诅咒和我妻子在一起的生活——白日里她总是给我带来麻烦和困扰,夜里还要害得我做一些可怕的梦。但使我更加手足无措并且越加感到恐惧的是我妻子很快就病倒了,确实是一点儿都没拖延地就过世了。我为她哭得很伤心,尽管她做过那么多跟我作对的事儿。我哭泣因为我使她失去了一个延长生命的机会,我哭泣因为我没能意识到人性的软弱,那种软弱使我不能超脱她所造成的那些痛苦,因此我没有去赎她,我没有为此去努力一下,这是多么遗憾的事!

他说完之后,很多坐在周围的人对他所讲的发表了看法。他们中有的人讲述了自己同妻子之间类似的故事，有的则说起自己的祖辈夫妻间发生的事儿，诸如此类……人们说着、追述着一个个的故事直至午夜时分。这时，叶尔孤白站起来和女儿们一道向人们告辞，因为他和女儿们必须在那屋子里待过头几个夜晚。他借口说自己把驴子单独丢着，只拴在一个树桩上，水和吃的都没喂，他害怕野兽要是看到它单独待在那儿会把它给吃了，村民们竭力地挽留他，但他坚持。女儿们感觉到父亲朝她们退过来，便跟着父亲一起朝家里走去。从一迈上回去的小路的头几步开始，姑娘们心里对父亲就有些害怕，因此老大示意两个妹妹让父亲走中间，两人便站住了，很快二女儿走到前头去，大女儿退到最后，让小女儿位于她和父亲之间。这一切是在瞬间完成的，叶尔孤白根本没感觉到或是注意到。队伍就一直保持这样的排列直到回到家里。女儿们对父亲的恐惧感使得她们连小路两边湿润的草丛里昆虫的鸣叫都未有一丝察觉，还有流向石崖的河水那潺潺的乐音、乐音在心灵深处留下的温馨也感觉不到。一路上充斥她耳际的只是水车凝重的声音，就好像一块块石头从高处跌落下来。

到家以后，叶尔孤白对女儿显得既亲切又慈爱。他帮女儿们把火点起来，边兴致勃勃地、兴高采烈地哼唱着《倔牛歌》边做饭。当年他的歌喉很不错的时候，若看到周围的女儿意兴很浓，他就会为她们唱《河流回溯到祖国》的歌曲，那时他手里拿着给小女儿和妻子、还有远方年轻的情人的礼物，情人正在窗前等待着他，那窗户被鲜嫩的植物形成的篱笆围了起来，情人已为他备好了热腾腾的茶，只盼着他随时出现！

他似乎忘却了自己，又恢复到刚到这个村庄来时的状态。忧伤烟消云散，他走上前去为他有口无心的残酷向女儿们表示歉意和愧疚，他亲切而温情地吻了吻女儿，和她们一起吃东西，一起开玩笑，一起憧憬未来的日子，对女儿们倍加爱抚。然后他希望她们好好睡一觉，做个好梦，接着转身看他的驴去了。

他一走，女儿们就窃窃私语起来，说父亲还是决意要为这个地方行牺牲的，他一时的心情舒畅仅仅是种蒙蔽而已，他的吻也不是由衷的、充满温暖的……毫无疑问那不过是对她们中一个临别的最后一吻，说不定是对她们所有人的最后一吻；因此……她们决定熬夜到天明。大女儿还提醒两个妹妹说她觉得她们的决定是对的，因为父亲刚才执意要她们将东西全都吃完，这是违背父亲平日的习惯的，他一向相信胃一旦填满了，胃的主人就会不由自主地要睡觉。她的想法后来被证实是正确的，因为父亲几次进到她们屋来，不时地看看她们！

每次他来察看女儿们或是走近她们的时候，大女儿就抢先问是否有什么需要为他做的。当他窘迫不堪地做出很确定的否定回答时，二女儿又问他为何弄得这么累了还不睡？！他说他只是来看看第一晚女儿们是否睡得安安稳稳。接着他又说了一些关于亲情、关爱和满足的话，他的声音越来越细，一点点减弱直至消失。这时，其中一个女儿安慰父亲让他好好回去睡觉，说他就像个小孩子一样还要哄、还要听着引人入胜、稀奇古怪的故事才肯睡觉。

叶尔孤白离开女儿时，向她们强调自己肯定会好好睡一觉直到第二天早上很晚才会起床。因为大女儿比两个妹妹更小心谨慎，她把她们饮水用的水袋用缝衣针刺破了一个小洞，决定将它绑在她头的上方，这样水就会不停地滴在她的脸上，她就不会困得睡过去，也就不会有什么不情愿的事儿降临到她和她的两个妹妹身上。

事实上，女儿们对父亲想法的猜测是对的，因为叶尔孤白在还没吃睡前的那顿饭时，就一次又一次地要使女儿们以为他会睡得很久，然而他根本就没睡，尽管他的鼾声是那样均匀有节奏，似乎表明他睡得很好。大女儿对他的一切举动保持着警觉；当她看到父亲双手捧着从橡树树干上砍下用于行牺牲的树墩时，她的睡意顿时烟消云散。她弄醒两个妹妹,要她们准备着要是父亲靠近她们的话就逃,两个妹妹紧紧地挨在一起,大口地喘着气,瑟瑟发抖,惊恐万状。大女儿嘴里一直叽叽咕咕,不时地干咳几声,以让父亲感觉到她是醒着的。姑娘们开始透过芦苇的缝隙观察父亲的一举一动。她们看到父亲把祭台放到两间茅屋前、拴驴子的地方旁边一个高高的位置,然后哀伤地用双臂紧紧搂着驴子的脖子,搂了很久,他流着泪,叹息着,她们看到他迟迟疑疑地向着女儿们的屋子走过来。听到大女儿叽叽咕咕的声音他摇了摇头,有种被挫败的感觉;更有遗憾、责怨和倒霉的意味——来到一个新的安身之所的头晚就注定要不顺。

时间一点点地过去,叶尔孤白如坐针毡,他开始冷得发抖,衣服太大,他一个劲儿打寒战,他朝屋子走去,步子一瘸一拐、迟迟疑疑,进一步,退两步;他朝屋子一路走去,脚踩在潮湿的草丛里发出窸窸窣窣、既无音乐感也不悦耳的声音。他走进屋子,转眼之间又走了出来,手里拿着一把寒光闪闪的刀,姑娘们恐惧极了,禁不住尖叫起来,叶尔孤白又再次转过背朝驴子的方向走去。

他趔趔趄趄险些摔倒,直到走到驴子那儿才站定。他用手抚摩着驴的背、脖子、两只耳朵、嘴巴和额头,与驴靠得越来越近,趴在它的脖子上,抱着它的头,吻了无数次。他就这样长时间地吻着、拥抱着驴子,吻它那漫长的行程以来被紧紧勒住的绳子勒出的流血的脓疮。他的手掌被草丛的露水打湿了,于是便擦了擦驴的蹄,蹄子马上变得亮起来,黑色的部分也更明显。接着他用手指摸摸驴腹最下面的部分,他感到除了黑色的部分,其他部分的绒毛十分细腻柔滑。接着他哭起来,准确地说是啜泣,越哭越伤心,越哭越急促,还和着别人听不懂的呓语。似乎在最后的伤心欲绝之后他就要死去。时间仿佛也在垂泪,一点儿一点儿地向前挪移。随着叶尔孤白朝拴驴的绳子弯下身去用力将它弄断,那绳子就像在小孩儿手里的芦苇,弯一弯结一结就成了绳子。弄断绳子之后，他牵着驴子一声不响地来到与祭台正面相对的位置，瞬间二者形成鲜明对照，一个马上就要结束，另一个才即将开始。

突然，叶尔孤白似乎看到一幅景象，或者说他害怕发生这样的事儿，那就是对这头对于将要发生的一切一无所知的驴来说，这样的举动会使它感到很奇怪，然后它会撒腿就逃，接着就会消失，今晚的晦暗就会离它远去，它会变成流淌的河流中的一颗盐粒，会溶解掉，就再也见不到它了！

那驴愚蠢、安静、顺从地站在那儿，尽管不再被拴在树上或是木桩上，显出几分自在，叶尔孤白还是流着泪呵斥它，驱着它向祭台相反的方向走，召唤它的灵魂逃离——在残酷的现实降临之前，但驴子并没有离开，没有消失在昏暗中或是树的背后。驴子一直在叶尔孤白的视野范围内，在他唾手可及的地方。女儿们开始用手指的侧面安静、沉默地擦拭面颊上的泪水了，她们是如此的伤心！

叶尔孤白原本希望驴子会反抗他，用脚踢他，跑到石堆或树丛里让他去追，然后他会把它重新弄到祭台上，他因此被折磨得精疲力竭，两手受伤，一条腿也弄折了。他就是这样希望的，准确地说，累到脖子都酸了。他开始与驴子进行最后的对话，他恳求驴子快跑或转身顶它，或把他挤到荆棘堆里，在后面踹他。他在一堆岩石和荆棘上边，揪着驴子光秃秃的尾巴，似乎在看到驴子的血流出之前已经看到了自己的血！

他多么希望行牺牲的时候颇费一番折腾，他为之筋疲力尽，好显出他在面对这种情形下的英雄气概。然而驴子一副麻木的样子，只冷冷地站着，对将要到来的一切既坦然又顺从。这折磨得叶尔孤白十分痛苦，加剧了他哀伤的程度。

这时，相互间挤靠着站在两间茅屋门前的女儿们看着父亲，方才明白过来……父亲原来是要在日落之前宰了驴子作为牺牲来祭这个地方。女儿们鼓足勇气匆忙跑到父亲那儿，设法使父亲一直站在那儿以拖延时间，希望父亲不要宰那头帮了他们不少忙的驴子，她们问父亲："驴子有什么错，要宰它?!"叶尔孤白一言不发，没有回答。

它的血是圣洁的、吉祥的?! 如果父亲宰这头驴并不能够赐福他的过去的话，他就应当放弃宰它以谋求赐福于他的将来。女儿们坚持说服父亲不要在住进新家的头一晚就见血。

然而叶尔孤白并不理会她们，他一个字也听不进去。似乎他那搂着驴子的脖子、抚摩着它的脸的手已经没了知觉。他恐吓女儿们要是谁要再阻止他宰驴祭主的话，他就要用她们其中一个来做牺牲。这使得姑娘们屈服了，她们跑过去请求避免这种厄运，主动要求帮父亲摁住驴，把它弄倒在地上，并把它的头放到祭台的边上。

就在此刻，驴子感觉到了主人要对它做什么，使出了浑身的力量和倔劲儿嚎叫起来！驴惊了，一次次地狠命挣扎，发出从未有过的叫声，仿佛要唤醒整个黑夜，它的嘴里充满了沫子，两只眼睛不住地流泪，身体明显地抽搐着，耳朵在颤，光秃秃的尾巴也抽动起来。

他们面前的这头驴子似乎发了狂，叶尔孤白不知道这头可怜的驴子会如此暴怒，它的四肢不住地、有力地将周围被露水润湿的泥土踢得扬起来，就像是在为自己掘一座坟墓。

所有这一切使叶尔孤白感到振奋，驴子最终回应了他付诸声口的、埋在内心的呼唤，呼唤驴子捍卫自己的灵魂，拒绝屈服，要在经过了奋勇的反抗精疲力竭之后再倒下，要多次求生以后再死。因此他由着它去，并叫女儿们也由着它，就让它像被猛蜇了似的发泄一下。于是大家都让开了，驴子却没起来！叶尔孤白呵斥它，它也没应。女儿们唤它，想它活过来，然而它已被强烈的恐惧吓得如同死了一般。他们一同去抬它，想扶它站起来，但它仍直挺挺的，完全像死了一样！

就在叶尔孤白和女儿们的手里那头驴倒下了，这似乎是必然的。他们再次去扶它，驴子的喉头已发出临死时的咯咯声，那是临别的声音。叶尔孤白嘴里开始嘟囔，手里拿着锋利的刀子嘀咕了许久，然后刀子落到了驴的脖子上，重重地刺了它一下，驴子猛地挣起来；叶尔孤白和女儿也同它一起摔倒在地上。驴子开始默默地发抖、变得麻木直到最后完全僵直不动！叶尔孤白女儿们的脸全都皱缩起来，接着又慢慢地舒展开，这样反复了好几次。当她们反应过来驴已经被宰，感到了一种生还的喜悦，手指开始悄悄地朝暖和的地方探去，想抓住另一只手与它紧紧地握在一起！

这时，所有的人都被泪水和伤感浸透了，叶尔孤白站起来，看着女儿们，低低地说了一句：

是的，这都是必然的……我的女儿们！

那一晚，叶尔孤白的女儿们根本就没睡。她们一直在活动，在低声夜谈，直到第二天清晨。担心父亲不会满足于仅仅用这头驴的血来祭这个地方的疑惑开始从她们心底蔓生出来，将驴子献作牺牲只是父亲制造的一个骗局，用来迷惑她们以达到自己的目的。父亲会早早地起床，在她们还在睡梦中的时候将她们中的一个逮到祭台上去，把其献作一份还带着大清早朝露的牺牲，人的血会把不久前刚洒在地上还带着余温的驴血覆盖掉。那一晚夜阑更深，那一刻是多么黑暗啊，她们中的每个人都在想父亲已经把她们的一个姐妹带到祭台那儿宰了，这样想着她们就会很安心。但驴子愤怒的悲鸣就好像它又活了过来，要亲眼看见将发生的一切。她们谁也没睡。父亲在忙着剥驴的皮，把它的肉剁成小段放在垫板上，然后把它们分散在茅屋四周、桥的附近。父亲嘴里叽叽咕咕地念着含混不清的祷词。女儿们谁也不知道父亲为何这样做，她们无数次地相互问父亲为何不把驴子的尸体一整个地放到树丛里，让它在那儿做野兽或飞禽的食物，为何不这样弄完后好好睡上一觉?！为什么父亲积极地忙掇着把驴被肢解的身体分散在屋子的四周和桥的附近，就好像是用它来做一道围墙一样！姑娘们百思不得其解。

父亲叽叽咕咕念叨的声音清晰可闻，砸碎驴骨的动静夹杂在水车铿锵转动、水从斜坡上潺潺流过，还有树叶沙沙、醒着的昆虫窸窸窣窣的声响中亦清晰可辨。

叶尔孤白的女儿们醒着熬到了天明，当晨光吐露并播撒开来，那一刻，三姐妹紧紧拥抱在一起，为躲过了一劫而欢呼。她们的欢呼声和脚步声越来越大，她们冲出茅屋，跑到驴子曾经站在那儿，由她们解开拴住它的绳索的地方，在那驴子躺下去的地方，青草都被压得倒了下去。她们确认祭台还在，血迹还在，驴的四肢掘出的小坑还在，于是她们清醒过来，昨晚发生的一切并不是一场噩梦，驴确实不在了，而它掘出的坑还在，血迹完全清晰，那围着小屋的长长的荆棘和桥之间父亲所踏出的条条小路也很清晰。女儿们再次紧紧地拥抱。当她们松开的时候，看到叶尔孤白站在茅屋门口，他看起来比平时更矮了，神态萎靡，身体不住地发抖，面色蜡黄，眼窝深陷，嘴里不由自主地流着口水。他慈爱、温和地看着女儿们，女儿们马上朝他走去，他朝前迈了一步，她们便将他围住，拥抱着他，抚摸着他的脸颊和稀疏的头发。当她们抚摸他的时候，心里疑惧他的衣服包裹着的会不会是一个生机勃勃的躯体，她们眼前似乎呈现出了一个壮汉的影像。她们问他：

接下来呢，爸爸?！

他不紧不慢地回答，似乎是使自己显得有生气一些、高兴一些：

还需要庆贺，我的女儿们！主已经接受了我的牺牲，他对我赐福，赐福我在这儿立足下去!

听到这话姑娘们很高兴,在他身旁又蹦又跳,她们没等父亲做任何补充或是说明,就叽叽喳喳地又围上去吻了父亲一次,她们也没问父亲是如何知道主接受了他的牺牲的……那不过是头驴?!

谁告诉他这个消息的?什么时候这一切都顺顺当当完成的——他一晚上连一会儿也没合眼?对于这一切,姑娘们一无所知,因而她们急切而又小心翼翼地问了一句:

我们得救了吗,爸爸?!

叶尔孤白肯定而有力地点了点头,嘴角浮出一丝费了很大劲儿才呈现出来的微笑,泪水从他的脸颊和鬓角滑落。他哭了,和女儿们一起分享她们的快乐,她们也禁不住哭了,边哭边笑,嘴里喃喃低语着,父女四人前所未见地紧紧拥抱在一起。

他哭了,因为他没能在短短的一晚将自己的一个女儿献作牺牲;一份与主的身份、主将赐予的福祉相称的牺牲。

姑娘们则是为避过了一劫喜极而泣,她们围着父亲转来转去,父亲却被过度悲伤和疲惫折腾垮了,他注视着女儿们,对她们的举动、他目睹的她们的快乐、幸福和活跃感到心满意足。太阳一点一点升起来,直至挂在了天空的正中,女儿们开始说起甜言蜜语:

爸爸,爸爸……我的主人,
晨光已经吐露,
请宽恕我们过去的一切吧!
我们是您一辈子的奴仆,

您的脚步永远朝向敌人！

爸爸，爸爸……我的主人，

晨光已经吐露，

请宽恕我们……过去的一切吧！

　　她们像是在举行欢庆会，为了筹备这个欢庆会，为了谙熟它，姑娘们已经很累了。她们有秩序地轮番独唱，和父亲一起跳舞，尽管已经十分疲惫了，姑娘们还是一个接着一个地亲吻着父亲，又给他端来了水，父亲豪饮了一通，然后女儿们又帮父亲洗了手、脸和头发，掸了掸父亲衣服上的灰尘，为他准备好早餐，接着又轮流喂他吃，就像在对待一个什么也不会做只知道听别人话的小孩子。之后她们让父亲在一夜都没合眼之后好好睡上一觉。父亲郑重其事地拒绝了，因为让自己在一个新的安身之所的头几天在睡眠中度过，对于他来说是可耻的。他向女儿们强调，在一个新地方的头几天很疲惫对他而言是甜美而快乐的事情，因此女儿们就不要管他了。叶尔孤白来到那棵昨晚被砍了一段做祭台的橡树那儿，开始劈起树枝来，他把树枝砍成一段一段的，放到阳光下晒，晒干以后就成了柴薪。

　　女儿们看到父亲在树那儿忙碌起来，就沿着小路向河边走去，她们的声音叽叽喳喳、吵吵嚷嚷，但却似乎因为这种喧闹的噪声而更加亲近起来，对路边的荆棘、岩石，还有戳破她们衣服的古老树木的枝丫她们都显得漫不经心，像是随着清晨的到来她们也获得了新的生命，清晨来临，带来了欢笑，也带来了一切。

　　在河边，她们一个个累倒了，昨晚熬夜的憔悴与苍白随着轻快的水流而消逝得无影无踪。她们洗了洗手、脸和脚，散开头发，相互用水泼了泼，然后将水囊灌满，站起身来向着家里走去。她们欢快地走上狭窄的小路，叽叽喳喳、吵吵嚷嚷，亲昵地相互嬉戏、逗乐。其中一个姐妹用折下的一枝带刺小灌木的枝条赶着另两个姐妹,她们还相互投掷无花果,把各自的脸颊随意地上了色。

正在这时,她们看到舍马绥奈村的妇女和她们的女儿们像串串葡萄似的分布在对岸,有的在洗锅碗瓢盆,有的在洗衣物,还有的在洗剪下的羊毛。两边的距离不是很远,相互可以看得见,大家互相问了好。

到了家以后,姑娘们看到父亲坐在还没砍完、劈完的橡树旁边休息,他垂着头,头下方的两只手握着斧子。父亲显得心事重重,久久地呆在那儿发愣。女儿们叫他:

爸,爸!

父亲解开缠头布,抢先开口说道:

女儿们,你们回来太晚了,日头已升得老高了,白天都过去了,我们的活儿还没干完呢!

她们四处看了看,问道:

为什么这么着急,爸?!

父亲边努力站起来边说:

我想上村子里去买些我们需要的东西!

没过多久叶尔孤白和大女儿就沿着布满尘土的、窄窄的小路向村里走去。父亲走在前头，女儿在后头东张张西望望，不住地回头朝两个妹妹那边望去。父亲要她们俩坐在桥的一个角落直到他们回来，否则就待在屋子里做事，至于做什么父亲则没说！

*　　*　　*

旁注二：

  叶尔孤白和大女儿刚离开茅屋，消失在灰白色高高的岩石、交错的荆棘丛后边，其余两个女儿就出发，穿过曲曲弯弯、四周长满黑莓、菩提和柳树的狭窄小径朝着那座桥走去。两个姑娘来到桥的一角，安静地坐在那儿，她们朝着父亲和姐姐离开的方向看去，他们已经越走越远，逐渐消失在路的尽头。她们开始一齐从高处向下俯瞰周围的一切，看到水车、榨橄榄油的作坊、散布在距村子较远的空地上的牲口、芦苇丛、无花果树、石榴树、桑树、冬青槲、水磨和又宽又广、直延伸至远方的红土平原。耳畔是倾泻而下的流水洪大的声音、水车转动的声音和榨油坊的聒噪，远远地还传来牧人弹唱的乐声。姐妹俩还同时看到了分布在河岸边的舍马绥奈村的姑娘和妇女们，她们正在洗盆盆罐罐、衣物和羊毛，五颜六色的布匹被铺展开来。然而这一切对于她们却似乎毫无意义。小女儿心事重重,面色惨白,略带着几分苦楚地询问姐姐关于母亲的事儿,姐姐从来都只是轻描淡写地提及过母亲,她的形象随着时间的推移已一点点地模糊、淡化甚至快化为乌有了!

小女儿问到母亲的特征,她平时都做些什么,她和父亲以及周围的人的关系怎样;她吃饭怎么吃,喝水又是怎样喝?!姐姐欣喜而又略带几分忧伤地向妹妹描述着母亲,描述她忙忙碌碌的岁月,姐姐说:

"她是那样美!"

姐姐笑着,柔声细语地谈论着。说母亲整日整夜里里外外地操持,没有一刻的歇息。不管父亲在不在家,她总是家里最后一个上床休息的,也是早晨第一个起床的。母亲说,工作就是信仰,就是生活。没有工作,她的生活就没有乐趣,就会变得麻木而可憎。

母亲要是出门,那对于妇女比对男人来说更是一道亮丽的风景。四周的目光都聚焦在母亲身上,母亲就像是一个美丽的尤物在移动。

远远地看着很美、很耀眼,就近了看就更美了;身躯的线条美妙绝伦,脸部的轮廓迷人极了。姐姐的描述纯朴、真诚而甜蜜,嗓音又是那样有意思而吸引人。但是,姐姐说,母亲和父亲的缘分很浅,她的幸福只在于财富和孩子。

父亲却想要更多,母亲对一切一直都很满足,但她从来没在父亲面前表达过;也没有跟他说过什么该改变,什么不要改变。母亲总是懵懵懂懂地顺从着,对此父亲很满意。但在母亲离开前的最后那一晚她把我们叫到一块儿小心翼翼地说:

"不要以为你们的父亲很安全,因为他对她都不厚道,因为他总是指使她、利用她,以至于她都无法忍受了,她的感情因此受到了很大的伤害。很多夜晚她和一些别的男人在一起只为从他们身上得到一点点钱来偿还父亲的债务!她还同他一起长时间地在田间劳动,一起卖鸡蛋,她和那些不三不四、狡猾奸诈的人走在一起,忍受着他们厚颜无耻的行径,为的只是你们的父亲和钱。"

父亲为了自己的利益当面出卖母亲,似乎母亲根本就没有自己的情感、没有自己的思想,他根本不考虑母亲是否赞同他的做法。

母亲接受这一切只是因为想让父亲在人前立得起来。她对他所要求的一切总是毫无怨言地屈从、从来不会不以为然或是敷衍、应付,这也是为了父亲在人们中间能够有一定的地位;然而这种地位从来就未曾有过,从未有过！父亲总是游荡于不同的职业之间，在所有他的双手触及的谋生之道上他都要摔跟头，或许世界停止运行了，他才会开始行运！他曾经想从一个剃头匠那儿学习理发的手艺——这也是我们会从北方迁到这儿来的原因之一。父亲向母亲许诺他会很快跟那名理发匠学手艺，条件是母亲要到他那儿工作一段时间；也就是说母亲要帮他打扫屋子、做饭、洗衣服，因为他只身在外、离家很远，母亲同意了父亲！当父亲将母亲送到那理发匠的家中时，父亲对他说：这是我的妹妹，我让她待在这儿供您使唤，作为我向您学习剃头手艺的报答。理发匠看到母亲美得如此迷人，便越加热情地同意了，还口口声声向父亲许诺给父亲好处。

然而父亲并没有履行他的诺言，几天之后他没有学那门新的手艺，数个月以后他依然没学。他想知道更多更多。母亲很招理发匠喜欢，理发匠因此延迟了给父亲传授手艺，母亲开始因为父亲抱怨理发匠。父亲却对母亲说要她忍耐！母亲告诉他理发匠调戏她，父亲竟然说：忍一忍！母亲说理发匠对她动手动脚，父亲说：要忍耐！

说理发匠强迫她脱下衣服，父亲仍旧说：忍耐！

就这样一直到母亲对他说——那时的他

已失去理智：

理发匠当着人们的面要她做他合法的妻子。父亲竟然对母亲说：尽量说服他秘密举行婚礼吧！母亲都快疯了！

母亲没想到父亲会对她冷酷到如此程度！

数个月后，父亲在理发匠那儿学了一整套剃头的手艺，母亲也平生第一次与父亲相对而立，对父亲说：不！

母亲要父亲对理发匠说她是他的妻子而不是他的妹妹！父亲没有同意，他要母亲再坚持一小段时间以便他完成他的事儿，达到他的目的。母亲没有同意他！两人争执了很久，一个坚持要得到想要的东西，另一个却备受凌辱和伤害。许多天过去了，母亲再次面对理发匠时对他的举动已束手无策，他完全就像是母亲的丈夫那样，母亲将实情告诉了他！理发匠十分愤怒，将父亲赶出了铺子，并把这事在人们中间传播开来；父亲遭到了周围人纷纷的鄙视和谴责，于是便从北方迁走了，在接下来的岁月父亲和母亲开始痛苦地四处流浪。

那时我们都还很小，对世事知之甚少，这也是——就像母亲所说的——她还会一直撑着和父亲待在一起的原因，她说她早已遗忘了什么是生活的快乐和甜美的滋味！

两姐妹沉默了，过去的一切使她们心乱如麻，她们注视着周围的一切，只见一个俊美的年轻人赤裸着身体出现在她们下边的桥墩那儿，那人正在洗澡，一副旁若无人、谁也不怕的样子！他匀称的躯干、长长的头发，还有他那悠闲的神态在两姐妹面前显得如此静谧安详。两个姑娘对视了一眼，相视而笑起来，她们都知道这个小伙子！他就是那个昨天白天在半道上截住他们队伍的拉哈蒙。那时他们正朝桥这边走，当时她们都为他的俊美、温文尔雅和身材而感到吃惊。如今她们俩看到他赤裸裸地待在水里，就在那围在河四周的绿树丛旁边。他时而用薄荷擦擦身，他似乎全然忘却了这个世界、这个世界里所有的一切，只沉浸在水的清凉、河流的美，还有围绕着他的绿色之中！

两个姑娘就这么看着拉哈蒙洗澡，根本听不到水车、榨油坊的声响，对牧人的弹唱、水流从岩石坡上倾泻而下的声音也浑然不觉。她们俩完全沉浸在一种观赏的享受之中……拉哈蒙根本不介意她们！姑娘们无数次地问对方，他看到她们了吗，他是故意到她们旁边、她们的视野范围内来洗澡的吗，还是为了别的什么？！当她们知道他并不在意她们时，她们心里对他越来越放心，很显然她们俩都想在彼此面前把话说得大声些，都开始编织各自的美梦和幻想。拉哈蒙一丝不挂地平躺在潮湿的水草上,将双手枕在头下开始睡觉。他美丽的身体全然暴露,对于两姐妹来说是那样乱人心智,又是那样让人难为情!经过交涉、挤眉弄眼地相互示意、壮了壮胆之后,在各种想法和美好的想象都浮出来之后,妹妹鼓足了勇气对姐姐说道:

"我下去!"

姐姐回答:

"从旁边突然摔倒在他那儿,给他来个惊吓!"

妹妹笑了笑,将自己长长的衣服的四角结了起来,从桥的这一头蹑手蹑脚地下去,悄悄地从拉哈蒙睡觉的地方走过去。拉哈蒙躺在那儿,在她还没走到拉哈蒙那儿的时候,他就已经注意到她走过来了。他笑了笑,她也笑了笑……朝着他走过来,他站了起来,她一走到他那儿就完全躺倒在他的怀里。他温柔地用双臂扶着她,就像千年以前她就认识他,他也认识她。他惊奇地、失去神志般地看着她。他跟她说话,喃喃低语,她则微笑着。突然她向桥上的姐姐看了一眼,感觉到她很满意、也很赞许。她不知道拉哈蒙是怎样抱着她跑到河边的,他用湛蓝、清澈而清凉的水覆在她的身上,她发出尖尖、悦耳的娇嗔,那女性特有的激动时的声音。他把她抛到河里，她叫得更大声了，他走过去，将她拉到他身边，她已全身湿透，是如此妩媚、迷人，那种心醉是难以抗拒的。他用强壮有力的两只胳膊抱着她来到一棵巨大的无花果树下边，把她放在床铺一般的草丛上，开始一点点地脱掉她湿漉漉的衣服，将它们展开在无花果树的枝丫上。他安静地、慢慢地用他轻轻的呼吸去吮干她的躯体。她亲密地、欢悦地贴着他，似乎从无始以来她就已经知道他，她如此温顺、柔嫩，完全屈服在他的双臂间。她对他的渴望甚至胜于他对她的渴望。没过多久两个身躯就合成了一体，消殒在一个既犀近又遥远的躯体的细目里，静静地，变得纷繁复杂起来。仿佛是湿润、柔和而醉人的微风驱动了他，是甜美的、带着强烈渴望的微风驱动了他！

　　两个身躯似乎已经混合成一个整体——神秘、带着蛮荒的美和放逸的情趣，充溢着细腻和纤薄的人类的躯体。没过多久，身躯没动，连眼睛都没眨一下。完全停驻了。河流的喧嚣也变得亲切可爱，世界在瞬间变小了，小得凝聚成了一张给所有生灵彼此相知的温暖而舒适、带着湿润青草芬芳的床。他们在水边感觉到了那密集交错的树叶间隙透出的令人沉醉的气息，他们交合在意乱神迷的云朵里，一会儿消失在琼浆、幻影、香草的芬芳里，一会儿对一切浑然不觉，转瞬间这一切又带着它的光彩、明净的微醉之意回到了他们这里！

拉哈蒙并不知道有很多次两姐妹如何交换了看桥和待在他身边的位置！他本完全远离了那遥不可及的女性甜美的神秘感，他像是已经晕晕沉沉仅是尚未蹶倒，像是熬得枯干了眼睛的守夜者，他的手指变得越发纤弱，肌肤更加细滑，仿佛他就是芳心垂慕于一个可见又不可见的躯体。两姐妹在他的身边，紧挨着他，和他结合在一起，她们俩仿佛就是他所思慕的那个世界，因此他和她们联成一体，生长萌芽，他极尽细柔地包卷着她俩，并未看出她们是两个人，那甜蜜将她们俩溶解，将其欲火点燃，直至感觉、情性都如被点起了那般美好！

情形就是这样，河流依然流着，喧腾依旧，水车转动着、铿锵作响，榨油作坊发出的声音单调索然，牧人弹奏着乐曲，同牲畜一同归去，远处河岸村里的姑娘们正忙着手中的活儿，拉哈蒙很幸福，姐妹俩也很大胆，一直到叶尔孤白和大女儿一行从村里返回来。他们前面走着一头驴，驴背上驮着数个盛得满满的口袋。瞬间，世界黯然熄灭了，它最旺盛的时刻骤然隐没，河流的轻快消失不见，植物藏起它的鲜润，绚彩全无，河流的喧哗重又复现，恐惧苏醒过来，神志重新省悟到它的残酷。桥上看桥的姐妹下桥来通知自己的姐妹，两人一起远远地离拉哈蒙而去，拉哈蒙见到自己宠爱的女性成了两个时大吃一惊！他的目光追随着两姐妹凌乱交错的脚步，听到她们有趣的低语，看到她们可怜地挨在一起，他的心一下子收紧了，就像一个人失去了他的爱人那样！

* * *

一个极小的细节说明：

两姐妹年纪相仿，生得像双胞胎一样，身段优美，圆圆的脸孔很白皙，头发则一个是栗色，一个是黑色，两人各有两个小酒窝，会将心中的苦楚和烦恼抹掉。

两姐妹都很丰满，她们就像炭火那样充满着光和热，那种色彩是很难描摹的，它不是红，不是光之彩，也非花的斑斓，却肯定与女性特有的那令人渴慕的气质有着密切的联系。似乎两姐妹很早就开始极尽宇宙之至美、其摄人心魄之至妙，于百万年以前她们就知晓了男人及其阳性的玄机！

另一个小细节：

姐妹俩是说好了，在这个地方只要拉哈蒙一个人而不要别的人来守护她们，才将自己女性最美好的东西献给他的，而且这事儿不能让父亲知道。这个男人将会使夜变得温情绵绵，驱走夜的惆怅寂寥，将接纳整个世界和它的绚烂美好！

最后一个小细节：

在两姐妹离开，爬上那蜿蜒的小径，向着被石头和黑莓围着的两间小茅屋走去之后……拉哈蒙跳到河里，洗了半天，然后出来穿上衣服，在一棵无花果树下、湿润的草毯上跪下，向突然间又重新赐予他爱情的主拜了许久，在姐妹俩消失的整个过程中他都在久久地祈祷着！

还没礼拜完，他就看到美丽的少女又回到他这儿来，穿着另一身衣服，是另一副模样，另一种美。他站起来，伸出双臂将他的少女拥在怀里，带着她向河边走去，他品嗅着她，她则露出一副安静而快乐的样子，对他绽出微微的笑，浑身透出迷人的气息，散发出少女特有的光晕,他消失在她的躯体里,两人结合在了一起,直到她的衣服都被脱下,直到一圈圈紫色的光环缓缓地将他们萦绕。这位少女不是别人,正是前头两位姑娘的姐姐,叶尔孤白的大女儿,刚疲惫地从村里回来。她已感觉不到生活的意义,直到两个妹妹把拉哈蒙的奇妙告诉了她,于是在两个妹妹的帮助下她欺骗了父亲,沿着小路走下来,一直走到拉哈蒙拜主的地方。就在那儿,在巨大的无花果树下,在微润的青草铺的床铺上边,他像抱她两个妹妹那样抱着她,她则如她的妹妹们一般,已甜美地沉醉了。后来她和她的妹妹们一样,累了,却也如此地快活!

第三卷　复　元

　　远远地，在叶尔孤白和他的大女儿眼前呈现出舍马绥奈村鳞次栉比的房屋，分布在一片宽敞的土地上，方位错落有致，各个不同，高度适中，颜色呈灰色，块块石料上边都有河水浸过的白渍，房屋被带刺的酸枣树枝做成的宽宽的篱笆围着，那道道篱笆谢绝着行人的通过。房屋总是相对着，一些大户的房子四面铺展开来，中间夹杂着高大的鸡纳树、菩提和白杨，独门大院在花草树木的绿叶长起来以后就显得很荒凉。房屋无论入口、篱笆、门，还是窗户、屋顶和纳凉的石台都是相仿的。石台傍晚很凉爽，因而在日落时分或稍晚一些的时候总是挤满了人，村民们在上边扯谈劳作的辛苦，传布奇闻逸事、神话传说，追忆往事，在石台上对儿女谆谆教导，还在上边达成交易。在灯光或是月光照耀下的石台上边儿，村民们一代代传述着祖祖辈辈的历史！

　　远处舍马绥奈村的房屋在叶尔孤白和他女儿眼前显得宁静而安详，一些孩童穿梭其间跑来跑去玩耍得正欢，还有一些牲口在四处游荡觅食。叶尔孤白和女儿交流着路边所见，没过多久叶尔孤白就在女儿面前显出很疲惫的样子。当女儿问出一连串令他心里感到忐忑不安、为难和生气的问题时，叶尔孤白没有回答。他在交代了女儿好几次叫她以后不再问这些问题之后，开始厉声呵斥女儿要她住嘴，好让自己不用再费劲儿地去寻找或许女儿并不会满意的答案！接着他又变换口吻，不再那么激动和情绪化，他劝女儿欣赏欣赏大自然的美丽景色，如树的挺拔和葱郁，享受享受树荫的清凉和微风的甜美，说她是个女孩儿，是个美丽的女孩儿，女孩儿就该细腻一些、温柔一些，看一看、描述描述，不该问来问去地烦人！然而问题并未就此结束。叶尔孤白也没有再发脾气，因为姑娘问的是沿途看到的一些树、植物，还有他们一路经过的山丘、泉源的称呼和一些墓碑、岩石的叫法，甚至远处举目可见的一些村落的名字。叶尔孤白没有回答。他嘟嘟囔囔地吸吸鼻子，嘀咕着什么，似乎是在使自己平静下来，也让女儿不要再费劲啰唆了。女儿却什么也没听见，只听到父亲一个劲儿地说：

    过一阵子我们就什么都知道了，我的女儿。耐心等等，别叫这些问题弄得这么累！

  父亲变着法子地让女儿安静下来，别再发问，女儿几句话回绝得他差点儿头都裂掉：

    这些地方、植物和树都是咱们这儿的，咱们怎么会不知道它们的名字呢？！

  女儿越来越执拗，就好像一把刀悄无声息地打开了一道渠：

    我们都不知道它们，它们又怎么会是我们这儿的呢？！

怎么回答!

父女俩顿时都沉默下来,只显出叶尔孤白的呼吸和两人的步点落在道上的声音。接着问题又一个个地冒出来,引导着他在小径上行进。然而小径却似乎在一点点吞噬父亲的高度,或者,是他饱经沧桑的模样使得他太不显眼了,因此,女儿将她的这种隐痛含蓄地藏在对父亲的问题中:

> 爸爸,您在那些村里人面前的时候怎么都不收拾收拾?!

父亲回答——就好像终于触开了话匣子:

> 我不想他们都来吃我,女儿!

她问道:

> 怎么会?

父亲说:

> 因为我这副模样对他们永远只会有好处!

女儿又重复同样的问题:

> 怎么会?

叶尔孤白回答：

> 因为他们都是冲动的人，看到什么就学什么！

沉默半晌，叶尔孤白又添了一句：

> 不久你就会明白的！

为使女儿罢口，叶尔孤白开始海聊他的祖父，那是个问问题问得多到人们都无法忍受的人，他总是不停地问，问得很多地方都烦他，时间也再也受不了他了，时间向主抱怨，主便掐下他生命之树的叶子，转眼他就被弄到了主那儿，并被抛到第一重天上。主对他说：爬吧，执拗的急性子。祖父在没有梯子也没有天神佑助的情况下开始朝着高高的天庭爬呀爬，然而漫长而疲惫的攀爬并没有使祖父到达天界的第二重，而且根本没靠近一星半点儿。祖父仍然持续不懈地爬着，后来感动了第一重天祭司的儿子，他劝说父亲，让父亲在第一重天天神那儿说说情，以解除对祖父的酷刑和折磨。然后，他又请求第二重天的天神让祖父能轻而易举、不费什么劲儿地爬上去。就这样祖父到了第七重天——即主的宝座那里。在那里，第七重天的天神柔声劝说主，让他宽恕祖父，把祖父的灵魂捉来，投到冥界里去。但这时候主在高高的天界看到一些人正因为祖父所问的问题而犯着这样那样的过错和罪孽，比如说祖父问道：

> 如果你把你的两眼挖掉，流出来的是乳汁还是血呢？让我们试试吧！

如果你咬孕妇的心一口，胎儿是不是会先叫呢？试试！

主没应七重天天神的请求，而是马上命令把祖父吊在一个木钉上，木钉每一天都从祖父的身上吸收营养，祖父的身体很快又会修复那些由木钉引起的创口。

叶尔孤白沉默了，女儿倒吸了一口冷气，在时不时地会抛出几句类似为什么、怎么样、是不是……之类追问的话之后，她真的感觉自己问得够多的了。

叶尔孤白说完祖父的故事时，他已来到一棵高大的西洋李树的树荫下、拐弯拐了一半儿的地方，突然，叶尔孤白所说的话仿佛在女儿的脑子里筑了巢似的，她从后边猛地趴倒在父亲身上，弄得他也跌了下去。两人一个叠在另一个身上，刚摔下去，一个老妇人就朝他们俩叫喊起来。那老妇人高高的个子，瘦得像根竹棍一般，拄着一根长过她身高的手杖，一身黑衣服，脸又长又枯干，白色的头发披散下来就像剪下的羊毛。她靠在一块儿灰色的石头上，旁边是那棵上边筑了鸟巢的西洋李。她看着恭敬而惶恐地站在那儿的叶尔孤白和他的女儿，他们连那些覆在衣服上的尘土都没顾得及用手去掸一下，转身向着老妇人走来。他们畏畏缩缩的，就好像是在看一个瞬间来到世间的女巫。老人没做什么开场白直接恶狠狠地问叶尔孤白道：

你是不是用一头驴子做牺牲了，叶尔孤白？！

老人说话的时候脸蒙得很死，蒙布上没有空，也没有缝儿，叶尔孤白支支吾吾，因为不知该怎么回答而显得窘迫不堪！他蜡黄蜡黄的脸上一对眼珠子紧张而狼狈地转来转去,舌头在嘴里直打转,想多积攒点儿口水酝酿酝酿将要说出的话,把话给润出来。他磕磕巴巴,踌躇不知该如何回答,半天说不出话来。这时老人已经露出脸来。黑隆隆的夜里老人清晰可见,她知道他是叶尔孤白,那他说点儿什么呢?他就这么一直畏畏缩缩地任她指责,没说一言半语。她没有叨唠,只加了一句:

你用一头驴子来做牺牲,叶尔孤白!

老人没向着叶尔孤白走过去,也没将目光从他那儿移开,一直等着他说点儿什么。似乎对问题的重复救了他,由此他迸出一句:

我太懦弱,老妈妈!

老人退到他后边:

你懦弱,叶尔孤白,你是这条路上的第一人!

叶尔孤白喃喃地说着什么,女儿在背后紧紧地挨着他,几乎要钻到他的衣服里去:

我的女儿们压弯了我的腰,老妈妈,除了驴,我的面前没有别的了!

老人出乎意料地朝叶尔孤白走过来,她用手杖戳得叶尔孤白晃来晃去:

> 你为什么不用你女儿中的一个来做牺牲呢?

接着,她又说道:

> 我把你手臂的哪里弄断啦,我把你的哪只眼睛挖掉啦,我把你的哪只腿砍断啦?

老人的声音越来越高,朝着他喊道:

> 主啊,叶尔孤白啊!

叶尔孤白像突然获得了解放,说道:

> 我的牺牲已经被接受了,老妈妈!为了它能被接受,我满怀希望、带着一颗乞求宽恕的心守护着它直到清晨!

女儿在叶尔孤白身后面色发黄,越来越紧张,茫然不知所措。每当老人一用那带着节的长拄杖戳着她的父亲时,她就会心惊胆战地跟着跳起来。她同她的父亲一样忐忑不安、不知如何是好。

老人转身离去前命叶尔孤白:

> 牺牲就是牺牲,叶尔孤白。主会宽限你几日,你现在应该用吉利的油而不是土将驴

血掩盖掉!

叶尔孤白向她点头表示遵从。老人也赞许地点了点头。这一点头不是令他们安心起来,倒是让他们感到更加恐惧了。老人又说了一句:

快,到榨油坊取油去吧,来,让我为了你而祝福它吧!

老人渐渐走远,叶尔孤白和女儿还在紧张地缩成一团。当他们知道自己仍完好无缺时,就又展开步子向着村里走去。然而老人那指令一般的声音却追着他们而来:

把油给我拿到家里去吧,茱黛特!

她给茱黛特一指,一间隐没在西洋李和筱悬木丛中的茅屋便出现在眼前。叶尔孤白的女儿久久地、惊惧地点着头,说道:

遵命,老妈妈,遵命!

叶尔孤白的女儿在父亲身后朝那位老妇人看去,只见她突然间消失在树丛中,就如同她突然出现在父女俩面前时一样!

后来在路上,茱黛特问父亲关于这个老妇人的情况,她和他们有什么关系,使得她要干涉他们的事儿?她又是怎样知道他俩的名字的?谁告诉她关于牺牲的事儿的?为什么她希望他用油而不是用土将驴的血覆盖?油吉利不吉利跟她又有什么关系?难道她干涉他们的事儿是出于他们利益的考虑?茱黛特一连问了许多问题,叶尔孤白只回答了一句：

  过几天我们就什么都明白了！

  他跟女儿转身朝夏亨榨油坊走去。在距离那儿很近的地方，油坊喧闹的吵吵嚷嚷声充塞了他们的耳际。人们分散在油坊四周等着完成自己的工作。队伍一直排到树丛和石头那儿。或青或黑、颗粒大小不一的橄榄堆积成小山丘似的，男女青年和妇人们坐在地上清理着折断的小枝条、树叶、荆棘和陆生绿色植物。

  叶尔孤白和女儿眼前是一个个拴着脖子的油壶，那些没拴脖子的被挑了放到榨油坊北面墙壁附近，还有黑色橡胶做的运橄榄用的篮子，散布在一堆堆橄榄和宽敞的油坑旁边。

  叶尔孤白和女儿出现在榨油坊的人群中，他们的出现引起了人们的注意和疑问，人们开始叽叽咕咕、交头接耳地谈论起来，特别是关于昨晚发生的事儿——叶尔孤白想拿自己的一个女儿来献祭这个地方——这种光临过他们脑子的新闻早已传播开来，村民们惊诧地互相传递着这一新闻，觉得它很不可思议甚至没有任何可信度；一些仔细端详过茱黛特美貌的妇女甚至奉承茱黛特道：

  杀掉一个如此漂亮的美女真是作孽啊！

  茱黛特笑了笑，离开她们紧跟上父亲。父亲在一个油罐旁边拦住夏亨，跟他讨一点儿油。茱黛特过来以后，夏亨面露笑容，当着叶尔孤白的面盛了满满一铜壶的油，那油油光闪闪就好像墨绿色的湖水一般。夏亨把油壶递给茱黛特，叶尔孤白马上双唇发颤、口沫四溅地谢个不停，两手在兜里搜来搜去，好半天才抬起眼睛看着夏亨的脸，支支吾吾地说：

多少钱呀，夏亨？

夏亨见他掏出一个小本子和一支笔，并把笔用口水润了润准备把油钱记下来，就朝他笑了笑，说：

这罐油是我们款待你的，叶尔孤白，还有一罐是口粮，这是我们应该做的！

叶尔孤白吸了一口气，由于整张脸都抽搐起来，险些把笔都吞下去。他就像是羊痫风发作一样，话音也颤起来，他不知该如何表达自己的感激之情，不知怎么跟他说自己一贯注意将油钱记在账单上，因而有些不知所措。这种场面使得叶尔孤白非常紧张不安，茱黛特赶紧将夏亨的目光从颓萎、狼狈不堪的父亲那儿引开，她真诚地感谢夏亨，并邀请他到他们家去做客。她还问夏亨为什么油色会这样绿？这油是用青橄榄还是黑橄榄榨的？为什么吃油的时候容易被烫伤？是不是在榨油的时候就添加了什么东西？一连串的问题，得到的答案却很简单凝练、张口即来，因为夏亨还有很多事要做。当他转身离开时他建议茱黛特用油来抹她的头发，因为那样会使她的头发浓密而有光泽。而跟上去取油罐的叶尔孤白则口中一直嘟嘟囔囔地道着谢，希望主能拓宽他的生计，以便早日偿还夏亨的债。夏亨站在盛满油并且拴着脖子的油罐前一次又一次地对叶尔孤白说罐子和油权作礼物，叶尔孤白站在那儿看着，这时，夏亨说道：

选一个吧，叶尔孤白！

叶尔孤白似乎弯得太过分，缩得更小了。他开始急急忙忙地在油罐旁边转来转去，一个个地搜寻着，嘴里还嘀咕着一些模糊不清的话，没过多久他就选中了一个口子比较大的灰色大罐子，然后很清楚地说了一句：

这个……夏亨！

夏亨笑了笑，让叶尔孤白直起身来以免碰破它，不要靠着它不然会碰得一身土。他还叫茱黛特走开一点儿他好将罐子举到她头上去，但茱黛特没有走开，因为叶尔孤白想把罐子和油壶搁在夏亨这儿一直到他和女儿从村子里回去的时候，因为他还得在村子里办点事儿。夏亨同意了，接着便转身而去。叶尔孤白和茱黛特朝村里走去，当人们从他们身边经过的时候，叶尔孤白往往会截住其中一些人，向人家介绍自己和他的女儿，并且说如果谁家的牲畜病了或是受了伤，马或骡子要钉掌，或者谁要剪头发、看蛀牙、给孩子割包皮……都可以到桥旁边的他家里去找他。在短短的时间里，女儿一直沉默，叶尔孤白开始大肆宣扬他所掌握的理发手艺，甚至一些和理发相关的手艺。这使周围的人很惊奇，认为他很稀罕，觉得他是个很有意思的人，能给他们解闷，驱走他们在榨油坊附近漫长等待的无聊。人们一次次被叶尔孤白弄得大笑起来。他们看到叶尔孤白在检查他们的牲口，查看有没有什么毛病，他通过看一些牲口的牙来获知它们的年龄。这使得一些人开始和他就拴在油坊旁边的骡子、驴和马匹的岁数打起赌来。叶尔孤白一次也没估错过。他掰起牲口的上唇，数数部分牙齿的年轮，然后略一思索，看样子似乎是在进行飞速的心算，接着就会把牲口的年龄报出来，一报一个准儿。这时，人们啧啧称赞的声音越来越高了起来，盖过了所有那些称他们中间有神人或半仙的声音，他才是技高一筹者。

叶尔孤白和女儿离开榨油坊,离开人群和那些牲口后,茱黛特问父亲:

您不害怕遭别人妒忌吗,爸爸?

父亲回答:

不,我的女儿,还不到妒忌的时候!

他们来到村里,关于他们的话题就讨论不绝,他们在村里一直待到叶尔孤白把所有想办的事情都办完才往回走。回去的时候他们跟在一头驴子的后头走得很慢,驴子背上驮着很沉的东西;那驴子是叶尔孤白在数十头驴子中精心挑选出来的,可谓完美得挑不出一点儿毛病;是头不管驮多重都不显重的驴子。驴子走在前头有些无精打采、精疲力竭,仿佛是在挣扎着步子在小径上行走。叶尔孤白乐颠颠地走在后边,对所得到的一切感到美滋滋的。茱黛特离他们有一段距离,远远地在后边拖着步子,被油罐压得又矮又小。

回去的时候日头已经明显偏西,叶尔孤白的两个小女儿还待在桥旁边,她们一看到茱黛特和父亲跟在一头驴后边走来就开始欢呼,远远地就欢天喜地起来!

在屋子前边,叶尔孤白把驴唤住,将油罐从茱黛特的头上取下来。一旁的两个妹妹倾过身去和姐姐咬起耳朵来,父亲在一旁正忙着卸驴背上的东西。茱黛特没有帮着把卸下来的东西整理放到两间小茅屋里,而是走开去洗脸和手去了,接着就朝着桥走去。当两个妹妹忙着帮父亲整理那些他们需要的小麦、小扁豆、大麦、黄豆和一罐罐的煤油,桶、空罐子、一捆捆的绳子、粗茶、糖蜜、脂肪、羊毛和油壶,几只鸡,还有一只带斑点的小狗在帆布口袋里动来动去；所有这些东西都是叶尔孤白无偿获得的。村民们都相信他一旦在这个新的地方安定下来，开始了自己的工作，就会偿还向他们借贷的一切。他在长时间地跟他们谈及了自己的能力、经验和娴熟的技艺之后，还向他们强调自己将加倍偿还他向他们借贷的一切。因此，他们相信了他。并且，他们感觉到他们确实需要他，无论是他们自身还是他们的牲口，他们也不知道什么时候就会需要他的帮助，说不清楚是白天或是夜里什么时间；所以他们对他出手很大方，他们非常希望他看清他们的脸孔，认认真真、仔仔细细地记住他们的样子。茉黛特对父亲说服村民和赢得他们喜欢的能力有些吃惊，他怎么预备得如此得体，就好像是有着这方面的天赋一般——他把藏在怀里的小本子和笔掏出来，记上谁先谁后，还有他们预订的以后要到他的家里走访的时间。

叶尔孤白没来得及在屋子的任何角落缓一缓劲儿就径自走到昨晚屠宰那头驴的地方，手里拎着在回来的路上得到老妇人祝福的那个油壶。在靠近那片血渍的地方，叶尔孤白脱下两只鞋，闭目围着血渍转了好几圈，边转边口中叽叽咕咕念念有词，接着他把油泼在已印下一片黑黑的新鲜印记的血渍上，祭台上也泼了一部分。边泼还边祈祷：

保佑我吧，主啊，保佑我吧！

叶尔孤白和两个小女儿没花多长时间就用碎石和泥造好了两间小屋，屋顶上盖着生锈的锡箔和橡树枝，都用很沉的石头固定住。一间是给那几只鸡的，另一间是给那条狗的。他们伴着日头西沉才完工。这时，叶尔孤白拍了拍手上的灰尘，抬眼看看周围的一切，见两个小女儿正把鸡迁到它们的新家里去，驴离他比较远——正安静地吃食，小狗汪汪汪地吠着，好像还不熟悉这地方似的，粮食都在屋子里放好了，他们带回来的空罐子里也已盛满水，放置在屋子的中央，一个女儿用帆布给它缝了一个套子。就在这时，茱黛特向他们走过来，面色由绯红转为深红。

叶尔孤白看着这一切，用手摸摸胸口和四肢，摸摸脸，摸摸稀松的头发，然后看着女儿们，轻轻地说了一句：

现在，我的元气开始恢复了，我的女儿们！

*　　*　　*

旁注三：

叶尔孤白和茱黛特从村里往回走，渐渐地靠近那位老妇人的屋子，茱黛特将那个油罐从头上拿下来，靠在路边一棵树的树干那儿，接着就带着铜油壶朝老人的屋子走去。叶尔孤白则待在驴和油罐旁边，心收得紧紧的，他在想村民们对他的赠予，想着过后的几天，想着老妇人也将这么做。

叶尔孤白的目光追随着茱黛特，她从小道上下来向老人白色的木屋走去。在距离屋子很近的地方，茱黛特看到老人坐在炉火旁弄一些香料、松香和乳香，在烤一些黄色的颗粒，周围是一大群森林的野兽、鸟儿、狗和猫，它们显得很安宁，一个挨着一个。茱黛特看着老人，老人也不时地看她几眼。茱黛特害怕极了，脚却还在往前走。后来她站住了，面前的景象确实使她感到恐惧。当她企图后退时，老人叫住了她，让她靠近些。茱黛特慢慢地靠过去。老人一遍又一遍地呵斥她，茱黛特很不情愿地加快步子向老人走去，老人白花花的头发成了一棵大树，上面停满了一大群大大小小的鸟儿。

老人没做什么开场白，当茱黛特到了她那儿，她看了茱黛特一眼，从她手里拿过油壶，将一块火炭扔到油里，接着又扔了一块香料、一段松香和一段乳香在里边。她对着壶诵读那写在四周散落的黄色书页上的章章句句，之后她双眼凸出地看着茱黛特，命她拿走已带上瑞祥之气的油壶。茱黛特耽搁了一会儿。动物们一齐叫起来，整个森林都在恐吓她，致使茱黛特趴倒在老人脚下寻求躲避。鸟儿惊飞起来，在上面盘旋。后来当茱黛特颤颤巍巍地拿着油壶走回父亲那儿去时，一切又都恢复了平静。老人则在一群安安静静的动物中间，任凭那些鸟儿依旧停在她白色的头发上边，在树底下重新开始她的工作，就好像是在期待着一桩尚未到来的、辉煌壮丽的大事！

* * *

细节说明：

当动物们突然都叫起来的时候，茱黛特感觉有什么东西在胸中迸发出来。她想伸手去摸，但力不从心，手无法举到胸口那儿。但当她回到父亲那儿时，在重新端起油罐之前，她又用手摸了摸胸口，深吸了一口气，父亲看看她，看看她的胸口，只见她衣服遮住胸部的一角完全湿透了，就问道："在老妈妈那儿你有没有喝鲜奶，我的女儿？"

茱黛特面孔紧闭，神情很严肃。

她点了点头，一声不响地走到父亲身后，步子颤颤巍巍，险些就要晕倒！

又一个细节说明：

茱黛特所有害怕、惊恐的感觉，在与拉哈蒙相会、分手时都烟消云散了，她在拉哈蒙的臂弯里，在他温暖、急促的呼吸中涤净自己！

第四卷 亲　戚

在村子东边,茱黛特看到父亲对一个很不幸的矮个子男人表现出特别的亲近感到有些吃惊,好像他和父亲有很多完全相像的地方,父亲把他拥抱在胸口很长时间,热烈地搂住他的脖子。她还看到父亲把他留在父亲那儿很久,似乎就已经认识。于是茱黛特问父亲:

他是谁呀,爸爸?

父亲回答:

他是苏莱曼·阿塔莱,我的女儿!

父亲一个字也没多说就自顾走开到苏莱曼·阿塔莱那儿去了,他所有的注意力都在那个人那儿。一群小孩子伴着叶尔孤白和女儿从一家走到另一家,那情形就像是在热热闹闹欢庆什么似的。一些人在苏莱曼·阿塔莱家门外迫不及待地等待着他俩,他们在门口你推我搡,挤得屋子大门嘎嘎作响,人们的叫喊声、吵嚷声也越来越响。苏莱曼·阿塔莱站到人群中呵斥他们，强行让他们离自己的屋子远一些。当他知道叶尔孤白和他的女儿将在他这儿待不短的工夫，他就要求人们即刻离开。一些孩子没走开多远，他们期盼着叶尔孤白和他女儿出现。茱黛特听到苏莱曼·阿塔莱对父亲的问话很是吃了一惊，只听苏莱曼·阿塔莱问父亲道：

从北方过来的，叶尔孤白？

父亲支支吾吾地回答：

是的，兄弟！

接下来的问话令茱黛特更加诧异：

你是怎么知道我的，叶尔孤白？

父亲答道：

我嗅到了你的气息，苏莱曼·阿塔莱！

两人都笑了起来！茱黛特则感到自己在这富有象征性、哑谜似的对话中被忽略了。当两个男人开始询问其北方及附近村子里人们的情况时，茱黛特就更不知如何是好了。叶尔孤白都知道那谁在北方还是不在北方，苏莱曼·阿塔莱知不知道舍马绥奈村的某人的新闻。叶尔孤白和苏莱曼·阿塔莱你来我往、一问一答呼应得很热烈，这使得茱黛特很尴尬。苏莱曼·阿塔莱谈起自己多次一个人独自经过舍马绥奈村，谈起他命运不济导致孩子被夺走，后来甚至妻子也离他而去——妻子没病没痛地突然过世，连告别一下都没来得及。他多么希望命运用妻子的病来考验考验他，让他补偿妻子跟他生活这么多年以来一直在寻觅的那种怜恤的温情——在危难和考验来临的时刻他曾将这种怜恤之情深埋了起来。那些年，他一直忙于构筑他们的未来，他爱她，他承认自己忽略了她。她的尸体一直停了七夜，都变得发蓝、发肿了，发出的气味很是难闻，他吃只吃一点点，喝也只喝一点点，仿佛她还活着。当他们熟悉的日子来临的时候，他就会为她久久地哭泣，希望她原谅自己剥夺她权利的过错，在她撒手人世和自己所操持的一切后，她再也不能够享有这种权利了。他多么希望自己能够再多留她一段时间，但尸体的气味、他和她不出门见人、他长久恸哭的脸孔和他工作的暂停使得人们知道了她的死，村民们突然间都赶来安慰他，将她的尸体洗了洗，穿上殓衣，然后把她抬出去像埋葬他们死去的亲属那样埋了。他感到很悲伤，因为他变成孤身一人了，他无法向他们诉说他和妻子之间的恩义，他遭受着死一般的折磨，他向叶尔孤白和他的女儿诉说他的孤独，说除了钱他再没有什么了。茱黛特听父亲问他道：

苏莱曼·阿塔莱，你怎么生活呢？

他回答：

是这个村子予以了我一切，叶尔孤白，在我背井离乡、没有工作多年之后，在我失去了很多很多以后。为了我能像村里的一员那样生活，我在村民面前举了债。我避开村民们独自一人努力去偿还我的债务。我也在这儿和人们一起分享欢乐、分担痛苦和忧伤。我和人们一起礼拜、一起把斋,没有人提及我债务的事儿!

一个人终究是一个人,兄弟,我常常为此伤心落泪。亲戚跟我打招呼、问好,因为我是他们中的一员,但他们中有的仍然说我的样子还比较陌生,还没完全记住我,只要我没吃过他们的饭、没喝过他们的东西,他们就不会有很深的印象。他们骂我:吝啬鬼!因为他们认为不在别人那儿吃东西的人就是不想让别人吃他的,这就是小气,他们不喜欢这样的人。有的人会这样看我,而大多数人则已经习惯了跟我问好,没有别的意思,只是因为当他们到我家看望我时,不管妻子在不在,我都慷慨大方地尽量提供能够使他们满意的东西!

苏莱曼·阿塔莱沉默了,父亲问道:

你有什么资产呢,苏莱曼·阿塔莱?

他答道:

我尽量地,自从我到舍马绥奈村以来,我都会尽量地在人们中间出现。首先,橄榄收获的季节,我忙做搬运工。我租上一辆车或是一头骡子,把一袋袋的橄榄从地里运到榨油坊。我把一袋袋橄榄都卸下来。当油在榨着的时候,我又驾车返回,把油罐、油壶送到各家各户去。这时我拿走我的报酬——我从每一个油罐或油壶里取一小瓶子油。接着我又将榨油坊老板阿拔斯·谢赫万尼一罐罐、一壶壶的油运到海边去,他会在那儿将它们出售。收粮食的季节,我把一捆捆的小麦、大麦、小扁豆和鸡豆从田地里运到晒场上,打完了以后,我又把一袋袋的小麦、大麦、小扁豆、鸡豆和草料运到各家各户去,同时拿走我的报酬——一些小麦、大麦和草料!

说着说着,苏莱曼·阿塔莱顿了一顿,想擦擦流到下巴的口水,喝喝水什么的,这时叶尔孤白插进来纠正道:

你指的是榨油坊老板夏亨?

苏莱曼·阿塔莱回答:

夏亨是我这儿的雇工!

叶尔孤白吃惊得哽了一下:

雇工,夏亨是雇工?

苏莱曼·阿塔莱点了点头表示肯定,叶尔孤白立刻高兴地趴在苏莱曼·阿塔莱身上亲热地吻着他,并且问道:

怎么回事,苏莱曼?

苏莱曼·阿塔莱说:

榨油坊是我的。

我从已故的阿拔斯·谢赫万尼那儿把它买了下来。我曾无偿为他运输过十个旺季。愿主赐福于他,每个旺季我向他要报酬,他总是对我说:"等到下一个旺季吧,苏莱曼,你是我们村的人,是我的亲人,所以给我忍忍吧。榨油坊债务很多,那些不熟的债主都等着呢。你就等等,很快会缓过来的。"但终究是一直没能缓过来。债务越垒越高,我又等了五个旺季,一无所获。他的生计都成了问题。之后他开始对榨油坊的事务有些松懈了,把它丢给工人们去管理,自己纵情与一群年轻的水手吃喝玩乐去了。皮肤白净的少女是他最中意的渔获,饮酒放纵则是他的收场。

叶尔孤白听着苏莱曼·阿塔莱所讲的这些,开心地微笑着,他爬到苏莱曼·阿塔莱那儿紧挨着他,笑得越来越欢,苏莱曼·阿塔莱又说道:

在那些旺季过后，我感觉到阿拔斯·谢赫万尼快不行了，也没什么点子，所以就跟他要我的报酬，并且我很坚持。我跟他说我不能再忍、再等下去了，否则的话我将什么也得不到！他还是要我再撑撑，但我已经没耐性了，我提高了我的要求，我提出同他共同占有榨油坊，让他将榨油坊的资产的一半用来做我过去各个农忙时期的报酬。他坚决不同意，并且诬蔑我狡猾，说我疯了。对于我的报酬他诅咒了无数次。然后，过了很久，他接连不断地强调他拒绝那样做，我却越发坚持起来，我一直要求他付我报酬，弄得甚至成了他的一个噩梦，我请求本村和邻村有地位、面相很凶的人去向他要我的报酬，我十分清楚他根本无力支付，那些人纷纷响应并且出力帮助我。他们向他讨钱，痛斥他，但他还是什么都没有给我。他没有回复我同他共同占有榨油坊的要求，只是向那些人许诺说他很快会摆脱目前的状况，他会有法子的。我又等了五年，一直到他把事情弄得让人难以再容忍下去。他在那个炎热的午后来到我家，表示他同意我曾经向他要求的一切，我成了他榨油坊同等的合伙人，条件是我要支付他的工人连续五个旺季在榨油坊干活儿的工钱，一共有八个工人。我同意了。渐渐地，我开始管理榨油坊里所有的一切，事情进展得很顺利。我从谢赫万尼那儿买了榨油坊附近的土地，在上面种上橄榄，我希望主能长期赐福于我，让我为后代打下一点儿基础，这一点儿基础再一点点发展壮大。阿拔斯·谢赫万尼只是在榨油坊又待了三个旺季之后就彻底撒手不管了。他把它卖给了我，或者说是把他在油坊的那一份卖给了我。我当着一群人的面将钱如数给了他，我们签署了买卖协议，就此我变成了榨油坊的主人，阿拔斯·谢赫万尼最终离开村子到黎巴嫩亲戚那儿去了。本来榨油坊是他和村子之间相互联系的唯一纽带，我把它取走了，因此他就离开村里的人们，走了。

没过多久他就去世了。但他毕竟死在亲人中间，愿主保佑他。许多鸟类就是这样子的，叶尔孤白。不出几日，榨油坊就发展起来了，我带了个小伙子过来，他对制造肥皂比较在行，我给他搭起现在的这个肥皂作坊，作为油坊的副业。在榨油这方面我们不再亏损。接着我从一个有钱的库尔德人那里买了河边的那个磨（以后我会带你去看），那库尔德人的妻子、孩子都待在沙姆地区。在橄榄成熟的时节，本村和离河比较远的外村人来我这儿拿他们的油和磨好的面粉。日子真的好起来了，我什么都不缺，唯独缺少一个来压我背的，那宿命总是吝于赐给我的东西。

在茱黛特看来，苏莱曼·阿塔莱太像她的父亲。就像是他一胎双生的兄弟，红红的脸、醒目的鼻子、起皱的额头，光秃秃的头上唯剩几根长长的头发稀松地垂在两只红通通的大耳朵上边。每当鼻涕流出来，他总是趁人不注意，用手指把它擦掉，这似乎是早已习惯了的。身体被淹没在很宽大的衣服里，衬衫一角撩了起来，露出没长一根胸毛的胸部。拴钱袋的黑绳很显眼，而那短短的、缩着的脖子看起来活像印度的老火鸡。一说话手就发抖，右边嘴角会流出一丝口水，直垂到下巴尖，那块口水流过的地方似乎是已经坏死或者是完全麻痹得没有一点儿知觉，丝毫感觉不到口水的流动。每讲几句就要端起一旁的铜碗喝上几口就好像是患了腹水肿一样。

茱黛特看到父亲每每听到什么新鲜的、对他来说比较有意义的东西就会向苏莱曼·阿塔莱冲过去，将他拥在怀里亲吻他。

在茱黛特看来，他们俩抱在一起又慢慢地分开就好像贝类的两瓣壳有规律地打开又合上，既没有所谓的背，也没有脸。

叶尔孤白在苏莱曼·阿塔莱那儿一坐就是半天，茱黛特提醒了他好几次他才站起身来跟苏莱曼·阿塔莱告别准备离开。他紧紧握住苏莱曼·阿塔莱的手，希望他以后到家里做客，并且说自己还要不断来看他跟他谈自己今后在桥附近的打算，让苏莱曼·阿塔莱不要忘了他的建议和指导，对自己而言是不会嫌其多、并且是多多益善的。

苏莱曼·阿塔莱跟他开玩笑说：

你是来压我的背的，叶尔孤白，我怎么能拒绝你、让你失望呢？

苏莱曼·阿塔莱给了叶尔孤白和他女儿一头驴,接着两人就离开他家出了门。两人谁都没有说话,叶尔孤白已经忘了身边这个姑娘。在路上,茱黛特向父亲问起苏莱曼·阿塔莱,于是父亲告诉她:

<blockquote>他是我们的亲戚!!!</blockquote>

女儿要父亲说得明白些,因而父亲又简单说了一句:

<blockquote>他是我的一个亲戚,我们好多年之前就来到了这里。</blockquote>

茱黛特感觉到父亲不愿再多说什么关于那个人的话,也不准备回答她任何问题了,于是便住了口。她走到父亲后面跟着他的步子,听从着他无休无止、这样那样的要求。

*　　*　　*

第四个细节

舍马绥奈村所有人及周边村子里一些人都知道苏莱曼·阿塔莱——带着妻子和女儿来到舍马绥奈村,他那肌肤白里透红的女儿占据了不少年轻小伙子的心。姑娘高高的个子,生得很丰满,有一头漂亮的长发,脸型稍长,面色白皙中带点儿桃子一般的粉红。她性情温和、爱笑,颇讨大家喜欢。对爱慕者和遇到的人她总是会送上一个香吻。

苏莱曼·阿塔莱那白皙红润、个子高高、身材匀称的女儿，就是那个让阿拔斯·谢赫万尼双膝跪倒在她父亲面前跟他说，整个榨油坊都归他，自己将当着人们的面把榨油坊无偿地献给他，只要让自己和婉尔黛平平安安地生活在一起，在这个世界上他只要婉尔黛，油您拿去，榨油坊您拿去，油罐您拿去，马车您拿去，还有那份操心和辛劳您也取走，我要休息。在婉尔黛的身边休息，倚着她的呼吸、她的微笑，那开启心灵渴慕之窗的微笑，取走所有一切只留下婉尔黛予我，我会在您的身旁伺候您，我唯独只要婉尔黛。

舍马绥奈村的人们知道的是榨油坊托婉尔黛的福归苏莱曼·阿塔莱所有了，婉尔黛以她的青春靓丽和甜美，以她的热情、那一个个美好的夜晚——两个人都彻夜未曾合眼，窃窃地说着炽烈而缠绵悱恻的情话——赢得了阿拔斯·谢赫万尼的心。

阿拔斯·谢赫万尼自从见到婉尔黛腋下的细毛，看到她两眼透出的明澈，他就几乎要失却了神志，说：让她拿走整个世界吧，这个世界非她莫属了！他努力着，历经辛苦，终于使婉尔黛落入了他的手掌心，随后，他也落入婉尔黛的掌控之下，她怎么说，他就怎么去做。短短几个月,榨油坊、土地、房屋、库房、制罐子的作坊、马车、三头骡子、数头驴子、羊群和鸡……这些阿拔斯·谢赫万尼的财产都被他换作苏莱曼·阿塔莱对他跟婉尔黛共度几个夜晚的许可。阿拔斯·谢赫万尼原以为姑娘会跟随他到村边上去,到榨油坊去,到她父母不知道的家里去。然而事实恰恰相反,在她父亲看来作为整个家庭之未来的婉尔黛根本对他就不中意。他是个朝着生命的后半部分去的人了,面容已现出道道的皱纹,眼里的血管也很突出,英俊和青春已离他远去。但他还有钱,因而婉尔黛还是会同他形影相随,尽管跟他不怎么说话,他在的时候她也不怎么高兴。她仅给阿拔斯·谢赫万尼那么一点儿甜蜜的感觉,以交代自己的父母,说阿拔斯·谢赫万尼被她的爱所融化了。他曾对她怀有如此的期望,期待她就如同期待生命的高峰期。当他用双臂将她拥在怀里的时候,他闭上了双眼,就好像在这个世界上他不再想看到任何东西,她所有的一切已让他心满意足了。

　　婉尔黛的父母想尽办法让女儿喜欢阿拔斯·谢赫万尼,婉尔黛也渐渐变得不再害怕见他,后来有一天阿拔斯·谢赫万尼又来了,他真的爱上了婉尔黛。她看到他没法使自己开心就哭起来。他使劲儿努力,可还是他在一个世界，而她在另一个世界，后来她也努力，他亦努力，他用手指轻轻抚摩着她身上浓密的细毛，如此的温柔，然而仍是没有任何效果。婉尔黛仍是像浑身充满了火炭那样火热，而他则是气喘吁吁，被来得过早的早泄弄得疲惫不堪了。

当他变得一无所有时，她听到他温柔地说着甜言蜜语，唤着自己的爱人，她从他们的家里给他带来食物，帮他洗衣服、洗澡，洗去他数不尽的哀伤、失意和挫折，以维持他在她眼中那个作为她的根基也是她曾中意的爱人的地位，但阿拔斯仍是那样孤苦、懦弱而哀伤。

在阿拔斯·谢赫万尼最终离开前的一天夜里，在某个时辰，阿拔斯·谢赫万尼又看到了——不是在村里也不是在别的地方，就好像是在梦里，绵长而美好的梦中，阿拔斯·谢赫万尼又能够像曾经的那样满怀激情地将婉尔黛搂在怀里，如她熟悉的那般轻柔。那天夜里他可以一次又一次地扑灭那火炭般炽烈的欲火。每每那炭火熊熊燃烧的时候，刚燃起一秒，阿拔斯·谢赫万尼就随即将其扑灭，用一种超常而奇异的力量。那一夜是个梦境，是双方都感受到的纯粹的幸福、完美的快乐，但它同时也是一个终结。阿拔斯·谢赫万尼决定将自己当时的样子——那幅威武骑士的画图生动地留驻在婉尔黛的记忆里，然后离开，这样即使婉尔黛备受情感、遐想、恐惧和不安的折磨，那么这种痛苦不管怎样持续也是短暂的。至于他，即这幅亲手将自己绘入婉尔黛记忆的美好画图一旦消失，他的痛苦将是长久的。

小细节：

村里的人知道阿拔斯·谢赫万尼走了，他并不为失去了钱财而后悔，因为他——正如他自己所说——在婉尔黛的天堂里度过了幸福美好的日子。

* * *

旁　注：

所有的人都知道苏莱曼·阿塔莱曾是个夏天走村串巷卖衬衫、戒指、项链、布匹、珠子、香料和胭脂……的人，他冬天也在各村转悠……后来他答应在阿拔斯·谢赫万尼那儿干拉车搬运的活儿。他那时没有车也没有拉车的骡子。

他所有的财产就是一头生了疥疮的驴子，连他都载不动。他不敢骑它，跟着它绕着各村转，叫卖自己的货品。那时他被叫作"嗅觉灵敏的人"。

* * *

最后一个细节：

舍马绥奈村的村民知道苏莱曼·阿塔莱哭了，他还在为自己的女儿哭个不停，婉尔黛一天夜里从他那儿不辞而别，也没让他知道要到哪里去。她的失踪是导致她母亲悲伤地去世的主要诱因。

苏莱曼·阿塔莱为女儿哭泣并不是因为她抛弃了他寻找自己幸福和理想去了，而是因为她没有打开所有的村落，没有把打开各村的钥匙弄到手并交给他，想要他们都服从于他。他本来还期望着通过女儿，通过她动人心魄的美貌来得到这一切呢。

第五卷　浴　泉

一大早,晨光普照、天气晴朗,叶尔孤白和女儿们看到苏莱曼·阿塔莱和一群村子里的人缓缓地向着他们走来,他们辨认着这些人,走在最后的两个步子跌跌撞撞、穿着长衣服的老妇人就像叶尔孤白和他的女儿们你一言我一语地插科打诨、吵吵嚷嚷。而人们似乎只知道往前走,别的什么也不管。他们的说话声一开始传到叶尔孤白和他女儿们耳中的时候有些模糊,随着越走越近,渐渐变得清晰起来。他们在责怨着叶尔孤白选了个离村这么远的地方做住处,隐藏在树林的一片死寂和幽暗之中,被水车的噪声包围着,河水倾流的喧闹之声也总萦绕着,这还不算,他和他女儿们要是有点儿什么需要到村里去就得历经辛劳、备受折磨。他们认为叶尔孤白和他女儿是在村子和那座桥之间的蜿蜒小道上耗费光阴,那折磨人的离群索居是抗拒不了岁月的流逝的!

叶尔孤白听到这话,悄声对女儿们说:

> 他们在说我们将会遭受的折磨呢,我的女儿。

二女儿赶忙上前去，冒冒失失地问：

折磨，折磨，它会一直跟着我们吗，爸爸？

父亲安慰她说：

不，梅伊姆奈！在这儿，在桥这儿，我们会跟其他人一起分担痛苦，但我们也会将我们的痛苦给他们分担一些。

姑娘不知所云地嘟囔着，所有来的人都出现在眼前——苏莱曼·阿塔莱和同他一道来的人，他们一穿过垂到地面的柳树掩映成的葱郁的丛林，叶尔孤白就急忙兴奋不已地赶过去迎接。女儿们围绕在他的周围，就好像是拴在了他的身上似的，他走，则她们跟着走，他停，则她们跟着停。姑娘们脸上带着灿烂的笑容，头暴露在外边，束起的马尾垂在后背上。似乎她们中的每一个姑娘都是一幅图画，每个姑娘除了身高、体型大小、声音、名字甚至所穿的衣服以外无法同自己的姐妹区分开来。

叶尔孤白拥抱苏莱曼·阿塔莱表示欢迎的时候，多少显得有些卑微。小女儿看到父亲如此殷勤，就再三地问茱黛特：

这个苏莱曼·阿塔莱是什么人啊，茱黛特？

茱黛特紧盯着苏莱曼·阿塔莱的脸和那与父亲神似的一举一动回

答道:

　　　　他是我们的亲戚,蒂娜。

小女儿像是吃了一惊,接着又问道:

　　　　我们的亲戚,怎么会呢?

茱黛特示意她住口,叫她安静一些,因为对于这个人她也仅知道这些。只听苏莱曼·阿塔莱提高嗓门说道:

　　　　我们是来给你帮忙的,叶尔孤白。

叶尔孤白叽叽咕咕地应着,脸上的笑容很显眼。他看了看女儿,她们随即来到苏莱曼·阿塔莱那儿,弯下腰去吻他的手,接着走到他的身后准备听他会说些什么。

众人来到叶尔孤白家门前,纷纷散开来,于是欢迎之词、奉承应酬的话随即作鸟儿漫天飞舞状泛滥开去。

叶尔孤白在款待苏莱曼·阿塔莱的时候请求给他几个村里对建筑比较有经验的弟兄,因为他想在桥旁边盖个客栈,以供来这儿的人和他们的牲口下榻歇脚用。他还要求从村里给他派一个妇女来调教自己的女儿,教她们生火做饭、烤大饼,就像他昨天在村里看到的那些懂厨艺的人一样。苏莱曼·阿塔莱听到他的想法,马上努力伸长了双臂向他走来,说道:

　　　　你的这些要求,兄弟,我们马上会去

办的。

叶尔孤白十分感谢苏莱曼·阿塔莱，当着所有人的面喃喃地说着：

你是我的救世主啊，苏莱曼，我的救世主啊，兄弟。

没过几分钟，那两位老妇人就和叶尔孤白的女儿们单独待在了一起，她们开始挑选一块适合于摆弄锅台的地方，一块适于操作的石料。她们要找一块细腻且有着平滑宽敞表面的石料，这对她们来说可不是件容易的事儿，她们找了很久，颇费了一番周折才找到。在找的过程中，她们看到各种各样的陆生灌木和一些发黄的植物，姑娘们询问这些植物的名字以及它们是否有果实，两位老人详细地给她们解答，从这些植物落地生根开始说起直到她们现在所见的这个样子，悉数它们所有的颜色，描述它们的果实、吃法以及如何长成灌木。随着时间的推移，两位老人也开始询问叶尔孤白女儿们的名字，以及她们是从什么地方来的，为何会和父亲到这儿来定居，她们的母亲是不是过世了，为什么她们的父亲在她们母亲过世后没有再续一房？

叶尔孤白的女儿们对于她们提出的每个问题都简约、扼要而且迅速地回答了，似乎生怕别人迫使自己卷入了不愿坦白的事实中。她们从四面八方围作一团似的朝父亲走去，父亲已经开始和一群人在搬运必要的泥和草准备盖炉灶，苏莱曼·阿塔莱则抚弄着油桶的盖子，将它凸出的部分弄平。跟他一块儿来的一个人用手抬着它，以后叶尔孤白和女儿们的大饼就将在这个盖子上边烤熟。等他们都弄好了，就把泥搬到了两间小茅屋的旁边，放在那两位老妇人中一位所指示的地方，那地方是她在她同伴的指点下挑选的，远离通风口比较适于生火，是一个严寒的冬日里可以把它掩护起来的地方。接着，叶尔孤白和苏莱曼·阿塔莱以及同来的人开始确定客栈的位置，叶尔孤白想把它放在小路的缓冲地带；小路和两边开阔的缓冲地带是属于官方而不是群众的！叶尔孤白正专心致志地向苏莱曼·阿塔莱解说这片缓冲地带的范围，并且开始步测它的面积，苏莱曼·阿塔莱却自顾自地向叶尔孤白说明着为修建客栈而来的某某人的重要性，他说：

> 你真是好运气啊，叶尔孤白，赛姆阿来为你建客栈！他可是这一带最有名的建筑师！

叶尔孤白笑着，久久地对赛姆阿表示欢迎，赛姆阿回以他微笑和问候。当两人准备离开茅屋的时候，苏莱曼·阿塔莱问叶尔孤白他是否选好了客栈的准确位置。叶尔孤白回答说还没有——他想把它建在桥头附近，能够俯视到桥和他的家、与小路平行的位置。苏莱曼·阿塔莱点头表示赞同，接着劝他道：

> 你为什么不把它建在离桥远一些的位置呢？叶尔孤白，这样过桥的人和牲口就不会和那些在客栈住的人和牲口掺合在一起了。你别忘了来下榻的人是需要休息的，所以把客栈建得离过桥的那些马呀车呀乱七八糟吵吵闹闹的声音远一些吧！

但这个想法并不中叶尔孤白的意，他对苏莱曼·阿塔莱点了点头，

问了一个奇怪的问题:

> 您能担保任何人不会建比我离桥更近的客栈吗,苏莱曼?

苏莱曼·阿塔莱大笑起来,他岔开叶尔孤白的问题说道:

> 你这人,别把话题扯远了!

叶尔孤白还是不放心,又问道:

> 谁能担保咱们的日子,兄弟?

苏莱曼·阿塔莱简短而有力地回答他:

> 我!

叶尔孤白一句话没说,把他搂到怀里,苏莱曼·阿塔莱笑出声来,说道:

> 我答应你,叶尔孤白,客栈就建在你住的这块儿地方最高的位置,这样你就可以知道顾客有什么需要,他只用喊一声就行,声音从高处传到低处是非常快的。

叶尔孤白解释道:

我要把客栈建在很高的位置不仅仅是因为这个原因，我要时时瞅着它。关系到风水的位置呀，苏莱曼，应该建得很高，目光要常常地往上看看它！

两人都笑了。在他们还未到达桥头时，赛姆阿建议把客栈建得比叶尔孤白的住处稍低一些，因为他害怕把他和他女儿的屋子暴露在客栈下榻者的视野下。但他的建议既没被叶尔孤白接受，也没被苏莱曼·阿塔莱接受。只听叶尔孤白说：

这好办，赛姆阿，我们会找到法子的，你不用管它！

他们裤管的沙沙声、呼吸的声音清晰可闻，脚步踏在丛生的荆棘上边所发出的声音更是细碎而嘈杂，衬出一种幽深和荒凉。他们的步子迈得又大又快，荆棘等陆生植物覆盖了他们周围向着四面延伸开去的很大一片土地。这使得苏莱曼·阿塔莱打破沉默对叶尔孤白说道：

我们这地方是很美的，以后你就会看到。你正好赶上了荆棘丛生的时节来到这儿，叶尔孤白！

叶尔孤白微笑了一下，苏莱曼·阿塔莱和随同他俩的人笑起来，赛姆阿加了一句：

看，苏莱曼，如果这些荆棘都是小麦或者大麦，它的主人还不发财呀？

叶尔孤白没有回答，苏莱曼·阿塔莱挤眉弄眼地问他：

要是她是个小姑娘……

叶尔孤白嘟囔了几句，没有回答，拍了拍手掌，所有人的笑声更高了。此时叶尔孤白的女儿以及那两位老妇人完全在他们的视野范围内，她们正忙着盖炉灶——两位老人把它叫作"小炉子"。姑娘们问这问那，问关于那些小石子——它在"小炉子"里该如何摆放，怎么烤大饼，那曾经是桶盖的锅下边要放多少柴火，如果柴火不多了，用什么来烙饼？还有烤大饼需要多长时间，在"小炉子"上怎么来烤，是用陶器皿还是铜器皿来烹饪，和一次面要放多少面粉多少水，面粉发酵需要多久……诸如此类问题汩汩地朝着两位老妇人涌过来，老人开始放慢速度直至"小炉子"最后完工。之后，老人详细地给她们讲解怎样和面、怎样烙饼、怎样煮东西。她们认为并不是很难，而且觉得以后也不会感到劳累和厌烦，因为有树叶沙沙，有流水潺潺，有流水从高处倾泻下来时如牛毛细雨般飞散的水滴，这些将驱散所有的疲惫与厌烦，降低"小炉子"灼人的热度。姑娘们对两位老妇人所讲的道了声"阿门"后似乎就都变得安静起来。她们观察着老人怎样将"小炉子"搭起来，怎样将石子排列在环形的炉子内道里。

在距离她们稍远的高处，紧靠着桥的地方，赛姆阿和他的工人们正在规划客栈基本的框架。他已经和叶尔孤白、苏莱曼·阿塔莱两人达成一致：客栈将分两层，第一层用来关牲口，第二层住旅客。客栈除了旅客的卧房、牲口睡觉的地方，还要有储藏室。每层要有十个房间，底层的房间相互连通，有牲口睡觉的地方、长长的过道和马槽，马槽用石头、泥土或是油桶做成——就着油桶的长度将其劈成长长的两半。两层房屋之间由石梯连接，石梯由铁栏围起来，门要用铁门，夜晚关上门之后任何人或动物都爬不进来。

在一点点规划客栈蓝图的时候，地面上的荆棘、多余的泥土、大大小小的石块儿都被清除干净了。当苏莱曼·阿塔莱看着叶尔孤白的脸，指着清除干净并被画上了草图的地面跟他说话时，见他高兴地都颤抖了起来：

看，现在你觉得如何，叶尔孤白？

叶尔孤白没有回答。他将双手举过头顶，朝苏莱曼·阿塔莱弯下腰去，苏莱曼·阿塔莱拍了拍他的肩，对着脸上没留下一丝笑容的叶尔孤白说道：

抬起头来，叶尔孤白，你抬起了头我才
能抬起我的头！

叶尔孤白回应了他。接着扑到他那儿趴在他的胸口，他浑身发抖，好像很冷的样子，口中念念有词：

保佑我吧，兄弟，保佑我吧。

苏莱曼·阿塔莱只能将叶尔孤白紧紧地搂在怀里，拍拍他的背，让他待到将客栈建起来住满旅客时再高兴也不迟；那时候该是多么令人开心,他会将他搂在胸口,劝他美美地睡一觉。至于现在,还不是他们这样做的时刻,他们应该一起到采石场去,在赛姆阿和工人们的协助下挑选一些建客栈用的石料。两人松开,叶尔孤白脸色苍白,泪光在上面一闪一闪——没人知道他为何如此轻易就落下泪来。两人是听到赛姆阿的声音才松开的,赛姆阿问他俩关于挖客栈地基的事儿——工人们可不可以现在就动手开挖,还是推迟到别的时间。叶尔孤白喊了起来,就好像被什么东西蜇了一下:

不,赛姆阿,我们要现在挖,兄弟,要你现在就挖,我求求你!

苏莱曼·阿塔莱点头表示同意,赛姆阿答应了。他叫工人开始挖,一直挖到再难挖下去的程度为止。要是地层很生硬就停下来,或是挖出的坑渗满了水则待到明天早晨再接着向目标深度挖。赛姆阿退出来,和叶尔孤白以及苏莱曼·阿塔莱一道离开工人们朝着采石场走去,他们要到那儿去挑选建客栈的石料。

至于姑娘们,当两位老妇人回村以后,她们就跑到河边去了。她们的炉灶已经弄好,浸透了水、呈咖啡色的炉灶被放在两棵橡树中间,凭借阳光的热度一点点将它烤干。

她们活蹦乱跳、嬉笑打闹着来到河边洗手和衣服。在河畔,一片月桂和芦苇丛中,姑娘们发现了一处温泉。当时茱黛特察觉到有片片细薄而透明的云萦绕在周围,这些云由水雾构成,而这些水雾则来自一条向着河流去的小溪。那雾状的云引起了茱黛特和两个妹妹的注意,似乎有什么造物在向她们召唤,召唤她们靠近。当她们围着那云的时候,马上发现那水雾来自一眼泉源,那泉源汩汩地往外冒着热水。水雾不断在她们面前升腾,姑娘们为自己的发现兴奋不已,叽叽喳喳地闹着、笑着、追追打打，轻柔地你推我搡、碰来碰去，那水的热度和周围的宁静使得她们动情地相互拥抱在一起。泉源四周丛生着高大、葱绿的，还有互相交错的香附子、芦苇和竹子。茱黛特半开玩笑半认真地对两个妹妹说：

让我们把这个泉源变成我们洗澡的地方吧，什么时候想来就什么时候来！

茱黛特在征求两个妹妹意见的同时，要她们协助自己将部分石块儿搬走，折一些树枝来挡住树之间可以通出去的出口。两个妹妹不假思索地同意了，她们跟着姐姐开始折树枝，齐心协力地将一些花岗石移到泉源暴露的一角，堵住出口。她们把树枝插到泉源边上，下边用石头固定住，然后将树枝一枝枝地垒叠起来直到泉源的各个方向都被掩蔽起来。

接着，茱黛特随即脱下衣服准备洗上一番，当她脱衣服的时候，两个妹妹注视着她美好的躯体，各部分都如此迷人，在消失于水中之前就已近乎完美了。

就在这个地方，在温暖的、热气腾腾且波光粼粼的水中……叶尔孤白的女儿们相互暴露出自己的躯体，她们久久地互相搓洗、互相欣赏；身体一显露出来，那份白皙是如此耀眼，诱人的魅力即刻毕现。每个姑娘都看着自己姐妹的身体，欣赏着、比较着，总结着她们中每一个的出类拔萃、技压群芳的绝美之处。在铺满五颜六色石子的明净的水中，姑娘们亭亭玉立，袅娜地曲向水面，如此白皙，如此娇柔，如此细嫩，如此丰盈，柔滑光洁得就如同镜子一般。姑娘们吮上一口甘美的泉水，再将它吐作一股由无数饱沾了银色光点组成的线。似乎最小的姑娘蒂娜对她两位姐姐的身体要更显得吃惊些，她抚摩着两位姐姐，万般欣喜地搂着她们。

姑娘们久久地待在那儿，一直到将所有的疲惫、喧闹、手和衣服上的尘垢都抛在了河里，抛在暖暖的水中，还有那带着几分暧昧和娇羞在她们周围伸展着的竹节上边。

缓缓爬上来，穿过曲曲弯弯窄窄的小路——两旁围绕着的黑莓树还坠有果实，姑娘们在为泉源，或者说在为她们洗澡的地方取名字——小女儿说道："我们叫它茱黛特浴泉吧，因为是茱黛特先看到它的！"

茱黛特笑道：

叫姑娘浴泉吧！

二女儿梅伊姆奈说：

不，叫它桥浴泉！

就这样……一个个的名字像火炭一样热一下接着马上就熄灭，直到后来茱黛特想出了一个令两个妹妹也赞同的名字才算罢休。她突然灵机一动把它唤作："叶尔孤白女儿浴泉！"两个妹妹一听即刻欢呼雀跃地表示赞同。

在路上，姑娘们如同刚出炉的面包，个个热气腾腾、光彩诱人，饱蕴着香甜，透着轻巧和醉人的深红——就好像是挨着她们的石榴汁不小心泼在了她们身上，遂那迷人、朝气焕发的亮色全照在了她们白皙水嫩的皮肤上边；似乎树木潜藏的美质瞬间绽放，又似乎河流突然间向着她们洒下丝丝点点晶莹透明、却又沾着点儿摄人心魄之轻轻浅浅的赤色水雾。她们静静地弯着身子爬上小路去。那女性之美是河流几乎未曾见到过的，那照上了色彩、带着蜜糖一般甜美滋味、星星点点的水雾到陆地上做了一个短暂的旅行,为了看看,观赏观赏,摘下枚枚黑莓将其收在一起,接着就离去了!

* * *

旁　注:

……叶尔孤白的女儿们再次到被她们隐藏起来的浴泉去时,路上遇到了拉哈蒙。他为她们摘下一个个石榴、一些无花果,还有几个稻子豆树结的黑豆荚——她们甚至都不知道这东西该怎么吃。一开始的时候他朝她们满怀期待地走来,姑娘们却如同不认识他一般从他的身旁走过去了。于是他呼唤她们,朝她们跑过来,她们又避开他。姑娘们突然的冷淡、假装不认识他使得他很烦躁。她们不约而同地不应他,对他不理不睬,他甚至都快不相信昨天所发生的一切了,那时他和她们在一起,或者是和她们中的一个在一起好多次。他再次跑到她们面前堵在窄窄的小路中间拦住了她们。这时,姑娘们都一齐迸出笑来——几只细嫩柔滑的手臂同时抓住了他。她们同他再次朝河边走去。一路上,他为她们摘石榴、无花果,还有她们觉得样子古怪但肉皮甜美、有很多籽儿的黑稻子豆荚。他们从河边来到了那眼温泉旁——

那温泉已变成一个轻盈、细腻而柔软、既体贴又温顺的毫无怨言的卧榻，每一次都伺候着他们的身体。

他们赤裸着身体待在水中的情景就如同在这个寂寥蛮荒、林荫森森、空寂深幽、微风柔柔的地方的一个神话；是一幅几个饱受了长久的焦渴、疲倦的躯体，几个忍受着深刻的孤独、雷同和污秽的躯体所演绎的画面；是一幅极具人性的画面——水从未给予人类如此纤巧细柔、融着如此温情和慈爱的避难所。

那绿、那水、那抚摩、那喘息，还有那突然间降临的安全感令姑娘们神志恍惚；她们不说话，也不抑止、搪塞，她们微微地笑着，柔软得就像绒绒的细毛，可以被看见，却看不到任何事物；她们是令人朝思暮想、钦羡渴慕的女子。水触发起潜藏的渴望，姑娘们泯去了一个男人的苦楚和悲哀，这个男人就快失却了发声的功能。接着，姑娘们就像绿薄荷翠绿的脉纹，喧闹着，带着女性那神奇的香芬，那处女许久才被拂醒时的圣洁之美！

* * *

小细节：

  这次拉哈蒙才真正明白过来他是和三个姑娘构筑起整个世界、筑起他的幸福和所希冀之梦幻的。每一位姑娘都有她唾液的甜美、火热的呼吸，都有令人神魂颠倒之躯体的柔美和清新。每个姑娘的模样和给予他的惊奇都令他难以忘怀！

最后一个细节：

  不仅是棵棵树木、河流，也不仅仅是鸟儿看到了温泉——泉眼床榻那儿发生的一切，榨油坊的帮手夏亨也目睹到部分。他为所见到的一切感到震惊，下意识地咬了下唇一下，咬出了血。姑娘们窈窕的身影和女性特有的香芬尚未从泉源消失殆尽，夏亨就飞快地朝榨油坊跑去。他不要赢得苏莱曼·阿塔莱的作坊，他只想要拉哈蒙那样的遭际，要他那样的过活，要像他那样徜徉在女人的阳春三月中！

第六卷　墙

在去采石场的路上，叶尔孤白在苏莱曼·阿塔莱面前表现得很谄媚，他要收买他的心，好让其帮他在这个人生地不熟、除了名字以外一无所知的地方顺顺利利地办他的事儿，在这个地方站住脚。想让苏莱曼·阿塔莱给他提供多一些的好处和帮助；但他不想听苏莱曼·阿塔莱的话，令苏莱曼很不安心，于是也固执己见起来。叶尔孤白随即对苏莱曼做出一些让步，表示顺从于他。而头脑很清楚的苏莱曼·阿塔莱则安抚他，让他感觉到他是在仔细听着他说的，他明白他的难处，要立足很难，他会向他提供一切好处的！

每次叶尔孤白想在有关帮忙的问题上征得苏莱曼·阿塔莱同意的时候，他就会抢先一步迈到苏莱曼·阿塔莱的道中间同他面对面地站着，迫使他停下来，企求主让他能够挺起来，以便有更多的财产和时间来帮助他。叶尔孤白像一张上了色的皮，神情严肃而又充满期待地站在苏莱曼·阿塔莱面前，他眼皮发颤、嘴唇发抖地向苏莱曼·阿塔莱诉苦，说他所要做的事儿如何之难，如何缺路子。他就像是一个刚出生的婴儿要迈出第一步一样，如果没人帮他，他就要摔跤，长久以来他都畏缩不前，不敢迈开步子，因为他害怕。他把苏莱曼·阿塔莱在村里的存在看作是主赐予的胜过任何别的东西的厚礼;苏莱曼·阿塔莱在他看来就是一切;在附近所有村子也是一样,苏莱曼·阿塔莱就是母亲,就是父亲,就是兄弟,就是地位,就是时间,就是未来,就是成功。对叶尔孤白而言,除了他,没有什么是可以确定的,他怎么会不去问他,不寄希望于他呢?!

苏莱曼·阿塔莱对叶尔孤白求他帮忙既没有置之不理也没有拒绝,而是闪烁其词地与之周旋,要叶尔孤白答应双方都能从客栈上获利,以此作为帮他的条件。客栈将会是叶尔孤白在该地的所有财源,因此他拒绝苏莱曼。他对他说,客栈是一个冒险,就像是把东西种到井里,不知道能不能结出果实来;结了果实也不知道能不能收获到这种果实。他继续解释说:

> 客栈,苏莱曼兄弟,一年之内是见不到收益的。即使有一些收益,那也是还不够用来还账的!

苏莱曼·阿塔莱对他的这种解释很不满意!他说道:

> 我看你是怕我吧,叶尔孤白,比害怕你的未来还要厉害。你我都是生活在一起的人,我和你可以一起分红,也可以一起承担损失,兄弟!

苏莱曼·阿塔莱提醒他自己曾口头承诺要用他的财产来为客栈做担保,而叶尔孤白理发的活计可以使他有足够的钱而不需要依靠苏莱曼,在短期内也不需要依靠其他人,因此为什么要这么悲观?急着用牙去咬尾巴,都还没有面对就开始想着怎么逃跑!

这些话叶尔孤白似乎根本就没听到,只加紧步伐迈到苏莱曼·阿塔莱前面一步的位置,面对面地看着他,从怀里掏出一个挂在脖子上的黑色袋子给苏莱曼看,里边空空如也:

> 我的钱袋,苏莱曼,空的。等它满了,那时候再跟我说你想要的吧,我希望你,兄弟,希望你帮帮我!

苏莱曼·阿塔莱笑了起来,没有注意叶尔孤白一脸苦相却没有眼泪的脸,他没有长时间不住地发抖。苏莱曼·阿塔莱走到一旁去,继续前进,说道:

> 等你的袋子满了,叶尔孤白,你就会忘掉很多事情,兄弟……忘记地上头的天空!

叶尔孤白追上他,像求神那样央求着他,恳求他在他俩到达采石场之前就把出资购买建客栈用的石料的事儿定了——那个时候建筑师赛姆阿已先于他们俩之前到达了采石场。而他们俩是不能够当着其他人的面讨论这个问题的,那样会引来一些人的非分之想。苏莱曼·阿塔莱不理会他,仍旧坚持要与他共同经营这个客栈——他出钱,叶尔孤白和他的女儿出力,承担客栈的劳动和管理客栈的事务。叶尔孤白回绝了他!

苏莱曼·阿塔莱意识到承担购买建客栈石料的资金以及支付建客栈工人的薪水是永远扼住叶尔孤白咽喉的一个最直接的机会,会使他听命于他而无法跟他较劲儿!这样揪住叶尔孤白的这个新鲜的伤口会使他从第一次被触开始就疼得嗷嗷直叫而又无可奈何!

叶尔孤白的声音软下来,似乎在一点点屈服于苏莱曼·阿塔莱的要求,他让苏莱曼坐下来一会儿,两人面对面地将客栈的建设和石料的事儿解决,对偿还债务的方式达成协议;苏莱曼·阿塔莱同意了,接着就拉着他衣服的一角让他坐到朝着采石场去的小路旁围着的许多石块中的一块旁边,那采石场四周是用发黄的灌木围起来的。

榨油坊铿锵作响的声音清晰地传到两人的耳朵里,水车雷鸣般浑厚的声音伴着人声鼎沸,阳光已经铺散开它的光和热,亮出它广袤的宁静。远处一些沙鸡正不时地飞起、落下,借着这份平静与安宁觅食,那样子就像是条条连接白与黑的绳索。它们已经飞得有些疏懒了,每每风吹来吹去,它们就像是在和空气嬉戏,令空气倍增姿彩;它们又像是此地的点缀,或者是女人薄薄的衣服上细腻柔美的镂彩一般,一旦消失,那种修饰就不复存在。

苏莱曼·阿塔莱和叶尔孤白最终在一些双方都同意了的条件基础上就建客栈的问题达成了一致,这种一致是建立在双方对未来的共同渴盼之上的。在经过了艰难的长时间周旋之后,双方的意见逐步稳定下来——苏莱曼·阿塔莱承担买石料的钱、建筑和装修客栈的费用以及客栈开始接待旅客之前所有筹备工作所需花费,相应的条件是叶尔孤白将他的大女儿茱黛特许配给苏莱曼·阿塔莱!

当双方在这个突然的决议上达成一致时,两人心底里都在偷笑、暗自高兴,都认为把对方置于了自己的腋下,挟制住了对方,或者说可以高枕无忧了!苏莱曼·阿塔莱认为叶尔孤白的女儿茱黛特要是嫁给了他,客栈、客栈的利润、叶尔孤白和他的另两个女儿都会变成他的财产,他的未来就暗藏在茱黛特身上。叶尔孤白则认为借助跟苏莱曼·阿塔莱的联姻,他和茱黛特——不仅仅是茱黛特自己一个人,将成为苏莱曼·阿塔莱所有的财产合法的继承人和所有者;而且茱黛特会向他披露苏莱曼·阿塔莱所有不为人知的资财,因为苏莱曼·阿塔莱再怎么长寿毕竟也不能活出另一辈子来,因为他根本就没有什么人在他生命之火终结之后能继承他的资财,他还是得回到叶尔孤白和他女儿身上来,没有任何别的人能取而代之!

达成这项协议的时候,叶尔孤白显得要更加得意一些,就像是掉进了宝藏里。两人互相扑到对方的胸口,长时间地拥抱着,相互嘟嘟囔囔地说着意味深长的道贺的话。

过了一会儿,叶尔孤白如带着几分醉意般说道:

> 知道吗,苏莱曼?我多么希望现在能把你放到我的心里去!

苏莱曼·阿塔莱笑起来,跟他开玩笑道:

> 我希望主别让你有那本事,要是你把我放到你的心里去了,我就不能盖客栈,也就不会有旅客来了!

叶尔孤白嘲笑他:

> 你怎么不说,那样的话你就不能娶美丽的茱黛特了?!

两人在通往采石场的小路上边走边聊,苏莱曼·阿塔莱谈论着他在有了叶尔孤白和他女儿后的期待,叶尔孤白则诉说自己被苏莱曼·阿塔莱打败了,因为他说服了自己仅以微薄的代价就答应了将茱黛特嫁给他。他开始游说苏莱曼·阿塔莱，以便他能从自己的财产中分一部分给茉黛特来换取她的婚姻。苏莱曼·阿塔莱没有同意。他解释说他将为修建和装修客栈支付巨额的开支，那笔开支就是给茉黛特的奖赏和彩礼。以后要是主赐福让茉黛特给他生个儿子，他会给她更多。让叶尔孤白只管等着好了。

叶尔孤白似乎突然又想到什么新的借口，兴奋地说道：

要是我把这么出类拔萃的茉黛特给了你做妻子，岂不是送了一条新的生命给你！

苏莱曼·阿塔莱带着几分可怜兮兮的样子说道：

你的意思是茉黛特会生孩子的，叶尔孤白?！

叶尔孤白站在路中间，仔细地瞅着苏莱曼瞅了好久，然后拍着自己的胸口自信地说道：

我知道我的女儿，她会为你生一支军队的，苏莱曼！

苏莱曼·阿塔莱更加可怜兮兮地说：

你能担保人的命运，叶尔孤白?！

叶尔孤白马上回答：

如果是和茉黛特有关的,我就敢保证!

他看着叶尔孤白突然间冒出来的那股活力,将信将疑地点了点头。就在刚才,他还如快死了一般苦苦地哀求,字字句句都那么可怜,热乎乎的,又温柔又细软。

从一问一答的对话中产生出了一些先前未曾想到的想法、建议,敞开了一些未曾敞开过的东西。但现在两人还一直在为两个棘手的问题所纠缠,首先是苏莱曼·阿塔莱,他不免有些担忧地低声问叶尔孤白:

茉黛特会同意吗,兄弟?!

其次是叶尔孤白那句灼人的反问:

她为什么不同意呢,苏莱曼?!

为了使苏莱曼·阿塔莱更加安心,叶尔孤白又急忙说道:

你如此年轻、富有,又很可靠……
兄弟!

在他们周围,小路的两旁,一棵棵的树有的分散开来,有的合抱在一起。在小路的尽头,在苏莱曼·阿塔莱为之抱怨的漫长行程结束之后,采石场从顶端到底部、从左右两边赫然展现在两人面前。一群舍马绥奈村的工人正忙着采下一块块石料,按其长度和大小堆成一堆堆的。

那白色的石料就像一段段磨光的、光洁的大理石。

至于黑色的石料，则是更偏蓝色一些；那蓝色在阳光照耀下显出耀眼的光芒；石料棱棱角角相互交错，像是互相采着阴凉。在采石场附近凿石头和打磨石料的声音很响。叶尔孤白问苏莱曼·阿塔莱：

凿石头让你想起了什么，苏莱曼兄弟？

苏莱曼·阿塔莱没有回答，似乎这问题问得比较突然，他反反复复在口中念叨着"凿、凿"，这时叶尔孤白又问到另一个问题：

难道你就没想到复活日？！

苏莱曼·阿塔莱吃惊地说：

复活日！复活日跟凿石头有什么关系？！

叶尔孤白解释道：

那凿石头的声音象征着召唤和启动。末日的号角不也意味着召唤、动起来吗？！

苏莱曼·阿塔莱摇了摇头表示不明白。叶尔孤白拍拍他的肩让他站定以便跟他解释他的想法，因为这是非常值得他弄明白的。叶尔孤白说道：

我们应该发出我们的召唤,苏莱曼,让这个地区的人迎来他们的复活日!

苏莱曼·阿塔莱想让他说得再明白些:

怎么说?

叶尔孤白认真地解答着,像是想忘掉路途上的疲惫:

当我们发出召唤,这儿人们的复活日就会来临,他们就会在我们面前期待着我们所要干的事儿,他们会很焦虑、害怕、充满期待!我们想怎么做就怎么做,他们被钉起来,恐惧早就令他们动弹不得了!

苏莱曼·阿塔莱借口说听不懂于是打断了叶尔孤白的话,他说这样重要的话应该静静地坐下来讲,坐在家里他的女儿们中间,让她们伺候着把冷饮、食品摆上来,客栈也客满为患,牲口的饲料槽里盛满大麦和草料,牲口圈里关满牲口;桥在美好的一天劳累过后进入梦乡。苏莱曼·阿塔莱描绘的关于以后的灿烂图景似乎很中叶尔孤白的意,遂转了话题,开始谈他的想象,他看到自己将大麦和草料分在牲口的食槽里,食槽能盛多少就盛多少,或者看到深夜里他数着从旅客那儿收来的钱,女儿们香甜地睡熟了,抑或他用一间房专门来接待新旅客或是首次莅临的尊贵的来访者,他希望这样的旅客能够为他招徕别的住客;旅客掏钱,他则完成听差、遵从、清洁打扫和完美的伺候工作!

他一直在描述着他的想象，直到看到他的脚步在小路上竟没有留下任何踪迹，苏莱曼·阿塔莱也是一样。而别的经过小路的人足迹却显现在眼前，羊、牛和马的蹄印也是看得到的；这使得叶尔孤白十分吃惊，他停下来，看到苏莱曼·阿塔莱正难过地坐在地上，于是他问道：

你看到这条小路了吗，苏莱曼？它把咱们的足迹抹掉了！

苏莱曼·阿塔莱笑起来，说：

这对我们不是更好吗?!

叶尔孤白觉得有些莫名其妙，说：

更好？为什么，难道我们是贼不成?!

苏莱曼·阿塔莱摇头表示否定！叶尔孤白又问：

那是为什么?!

苏莱曼·阿塔莱平静地回答他：

因为这小路不是咱们的！

这回答似乎让叶尔孤白感到很吃惊，于是喊了起来：

什么？

苏莱曼·阿塔莱没有回答。苏莱曼·阿塔莱在前面推了他一下，说道：

> 想想客栈，想想你空空的钱袋，叶尔孤白，让这些折磨人的问题离你远点儿吧！

叶尔孤白同意了，向他表示道歉，并且对他坦白地说道，自从他来这儿以后，他就觉得周围的大自然——包括其中的树、植物、水、山谷、草原、人、他所走的小路……所有一切他都感觉像是一道高高的墙，他不知怎样能够翻越它以了解它后面到底是什么！

苏莱曼·阿塔莱责备他说从一开始他就打开了发牢骚、抱怨和担心惧怕的大门。缺乏对当地的亲近感是唯一导致他感到畏惧的原因，以后对于他最保险的事就是和当地的居民建立亲近感和友爱关系。苏莱曼·阿塔莱十分激动地说：

> 把忧虑害怕放一边去吧，叶尔孤白，等你的钱袋盛满了，人们就会对你满怀敬畏，大自然会对你很亲和，小路也会怜恤你，它会搜集着你的步子并把你引到你想去的地方。你的钱袋，叶尔孤白，它就是带你翻越你所说的高墙的东西！

叶尔孤白听到这些话安下心来，于是又想入非非起来。他放缓步子，缩短步伐，抱起来的双臂不动了，眉毛也不再飞舞了，苏莱曼·阿塔莱没有再说什么，似乎他已经说到了最后。

在离采石场几米远的地方，两人被叮叮当当的声音所围绕，工人们的目光围绕着他们，一片四面没有任何阻拦的开阔地展现在眼前。两人笑着朝采石场老板走去，赛姆阿正站在他面前跟他谈建客栈的石料及其数量的事儿，那时候石料正在打磨！

* * *

旁白之六：

叶尔孤白没有对苏莱曼·阿塔莱说过他有多少钱。他总是把他黑色的钱袋展示给苏莱曼看，向他哭穷，抱怨生活难以应付下去。

苏莱曼·阿塔莱也没问过他有多少钱！两个人的脸总是一个因拥有金钱和财富而阳光灿烂，另一个则总是愁云密布，仿似干瘪的奶袋子！尽管叶尔孤白有很多钱——他自己跟女儿们这么说的，这些钱来源于他的一个被杀害掉的女儿！

她的丈夫是个有本事的人，有土地，有牲畜，还有很多钱。老实说，这个富有的男人为这个姑娘所深深倾慕。这个名叫"娜娜"的姑娘瞒着亲人嫁给了他，或者说他将她拐骗到了手，纳入自己的财富。叶尔孤白什么也没干。

有一天，娜娜犹豫着要不要把手里的一些贵重物品和钱给叶尔孤白；娜娜对他来说就是一个他渴望长期能维持富有的泉源，但渴望在大多数情况下也仅仅是渴望而已。姑娘把家里的钱和财宝给自己亲人的时候，她的丈夫就会阻止她，警告她，禁止她同家人联系。由于他常常不在家，娜娜可以在她丈夫的一个伙计那儿熄灭自己女性的欲火，这个小伙子高高的个子，身强力壮，名叫"艾尤布"。娜娜和他就在她丈夫的床上相会，或者就在草料房，储藏牲口饲料的地方，牛、马的食槽里，她同他一起释放欲火，在他的臂弯里待上一个时辰、一整夜或更长时间以此来浇灭她如炭火般燃烧的欲望，直到后来她丈夫的伙计们向其告发了艾尤布和娜娜之间的一切。她丈夫气疯了，他对娜娜设了个圈套，诈称自己不得不出门一趟，问她想要什么礼物，有什么愿望。他说他不会去很久的，让她原谅他老是出门。当他看到妻子搂着他的脖子，像个孩子似的在他面前晃来晃去，千娇百媚地撒着娇，释放出汹涌、炽烈的诱人魅力，绽出盈盈的微笑，那美丽的白白的牙也浅露出来，还有那足能溃倒无数硬朗英雄汉的带着馥郁芬芳的躯体，他几乎要碎裂掉。只见她妖娆地一转身坐下来，将一条腿蜷在另一条腿上边，那白皙粉嫩的腿就露了出来，腋下的绒毛也那么美地闪烁着光泽。他走近她，她用指尖轻轻撩了撩一绺垂到额前的浓黑的头发，他向着她欠下身去吻她色泽如紫罗兰一般、如玉似的唇，舔尝她唾液的甜美，他噎了一下，因为他不再是唯一一个啜饮其唾液、并使她周身因他手指极尽温柔的抚摩、香香的吻和对她身体每一细节的悉心欣赏而变得湿漉漉的人。他曾是她蒙昧的处女之美的收存者，他还在细细回味那所有的感觉以便不会将它忘记。他哭了，浑身冒汗、长时间地发烫，气喘吁吁，十分疲惫，那一幕又萦绕在眼前，他久久地抚摩着她洁白的身躯，一次次地品嗅她腋下的香味，吮吸她的汗珠、鼻头上的汗粒，啜干她双眼的泪水——那泪是他哭泣的应答；他轻轻吻干那泪，久久地，焦渴地。在她双足的前端，他第一次看到她的十个指头，他如饥似渴地啜着那脚趾，嗅着那气味，一个个地吮着十个指头，用连续不断、急促的吻来撩逗她那两只小巧玲珑、红通通的耳朵，用手指和手掌的其余部分抚弄着她黝黑的长发，一次次地吻她那宽宽的前额，用脸去蹭那软软的、滑溜溜的小肚皮，吮吸胸沟沁出的汗珠，这似乎是临别前的亲热，是对他深爱的、垂慕其整个身心的娜娜最后几个时辰的爱抚，那在他不在场时在饲料槽里、在储藏室、在他的床铺上边、在艾尤布手中放荡、出卖自己的娜娜！

　　一开始的时候艾尤布有些畏惧娜娜，老是离她远远的，但是娜娜把艾尤布抓过来紧贴着她，他的身体为之沸腾、为之兴奋起来，就像被点燃的柴薪。他逐渐习惯了她，并且爱上了她，她也习惯了艾尤布，于是竭力用她柔滑的脸颊、丰满的胸部、清新迷人的气息去挨近他，用两只优美大腿间的幸福、扑朔迷离的梦幻来诱惑他，那梦幻的世界只以她那独有的方式、唯有在他情妇那里才能出现。

　　她在他眼里如此美好，他开始怨恨她的丈夫——那给予他恩惠的主人的归来，怨恨他在场的时刻！他希望他别回来，希望他众多出行中的某一次将他阻隔在那儿，这样他就可以尽情享受娜娜的所有美妙、给人的那种飘飘欲仙的感觉，还有令人惊奇的诱人之处！但希望终归是希望，主人的奴仆已经告发了对他们又打又骂的艾尤布，主人已对他怀恨在心，一旦证实了娜娜将情欲献于他这一事实，便会叫他完蛋！

　　娜娜的丈夫平生第一次假装出门，事实上他并没有离开，他藏在宽敞花园里的树丛中，准备监视娜娜和他的雇工艾尤布之间所发生的一切。结果什么也没有发生。娜娜一直待在屋里,她躺在床上睡得很沉。尽管艾尤布企图进到她的屋子里去,她对他也没有做出任何反应。她从他旁边走开了,就好像没看到他一样!艾尤布失望地回去了,主人对此有些疑惑不解,对所听到的传闻也有些狐疑起来,但他没有完全灰心,他又接着观察了一整夜,一个白天……事情来得那样突然,他看到他的妻子娜娜身着丝薄美丽的衣服,脚穿昂贵的银鞋,不顾周围的腐臭,也不在乎四处的牛屎马粪、污水垃圾,她从一旁经过的时候就好像没看见这些东西似的,只顾在库房、储藏室和马厩里寻找着艾尤布。她的目标只是艾尤布。后来她在一堆灌木旁边找到了他,那堆灌木很快就要演变成收集牲口粪便和灰土的地方。她把他拽到她的胸前,开始吮着他的双唇,手臂成了两个纵情享受充满焦渴的躯体的鲜活的肉体护栏。当主人见到娜娜那柔美鲜嫩的躯体向着荆棘丛生的灌木丛倒下去,而艾尤布轻柔地抱住她的时候,他显得有些张皇失措,女性的优雅是经不起那些荆棘的,是不适合于这种地方、不应暴露于那些藏在墙背后偷窥的眼睛前的。她青色、透明的衣服在银色月光、星辰的看护下由于躯体炽烈欲火的驱使而松开了,娜娜为艾尤布而融化了,主人除了前面传来的动静——那火热的呼吸，还有因为充溢的甜美和快活而发出的殉难式的喃喃以外什么也听不见了。他震惊了，惶惑困顿至极，他面前没有任何出路，只能将这堆灌木丛作为他们的墓地，让他们最后拥抱着待在一起，将他们凝积的血、那含混不清的喊叫和惊恐的目光合并在一起。

当叶尔孤白来看娜娜，问及娜娜时，面前只有一袋钱和一些衣服——这些衣服后来穿在了他别的女儿身上；至于那些钱，在苏莱曼·阿塔莱面前叶尔孤白是从来不会承认的，他的女儿们也不知道，她们只是用娜娜的衣服——不管曾是她白昼还是夜里穿的——装扮着自己！

* * *

小细节：

莱黛特、梅伊姆奈和蒂娜那时候还很小，小得根本不知道娜娜和她丈夫以及父亲之间所发生的一切。她们只知道娜娜就是那个令母亲的子宫在产下她之后就封闭起来数年的美丽女孩儿，娜娜一直是父母的骄傲，在看到莱黛特能够在小路上来来回回走着玩耍之前就被骗为人妻了！

另一个小细节：

父亲极少在他别的女儿面前谈起娜娜，甚至母亲也极少在她们面前说到娜娜！

* * *

补 遗：

娜娜成了不愿提及的过去！

第七卷　恸　哭

通往采石场的小路也通向叶尔孤白的小茅屋，因此在那儿可以看到姑娘们在忙碌着家务，茱黛特做饭；梅伊姆奈在长满苇草的开阔地旁缝补着帆布口袋做成的帐幕，由于风的肆虐，部分口袋连接的地方已经松了；蒂娜打扫着屋前的尘土和垃圾。

叶尔孤白感到很失望，他原以为在采石场可以找到现成的石料，跟赛姆阿和工人们马上就可以把它装上采石场的车运走以启动客栈的建设；但想法归想法，石场的工人正忙着为一些人分割或黑或白的石料；他们已经和石场老板欧布西谈好，欧布西是个中等身材，身体强壮，有着宽宽的胸膛和开阔的肩，脸颊微胖、鹰钩鼻、两片薄薄的嘴唇被黝黑浓密的胡子遮盖着，眉毛很浓，眉上方是覆满灰土的宽额头的男子。他就好像是采石场的一个部分，或者说采石场给他植下了石头的冷酷和封闭；是个长着一张没有窗户、也没有路可以通达的脸的人！

叶尔孤白听到欧布西说还需要很多天才能备好建客栈所需的石料时噎了一下，闭了口气，说那二十间房、围墙、内带的马槽、仓库和楼梯，全部都很费事，需要数天加班加点地干。但更让他噎气的是欧布西对他说他害怕这时节要是雨季来得早，恐怕采石场还得停一段时间的工,因为有些工人在天冷、下雨,还有伴着冰雪的东风刮得猛的天气常常是不能工作的。不过他又向叶尔孤白许诺说等他前面那些客户的石料都生产得差不多了他会保证他客栈所需的石料的。叶尔孤白只能是哽咽几下再把口水都吞到肚子里去,这时欧布西说道:

  我希望你能谅解,我也在赶。石料,你也看到了,实在太多了!

欧布西不动声色地干笑了几声,嘴上方浓密的胡子都未牵动一下,牙也没暴露,只是以声音示意了一下。他似乎是不经意地说了一句:

  很多很多为他们的主子生产的石料,兄弟!

叶尔孤白曲了曲脖子,习惯性地不住地点头,然后将目光转到苏莱曼·阿塔莱脸上,似乎在向他求援,或者暗示他说点儿什么。苏莱曼站在小路旁边,那小路将带他到他想去的地方,棵棵高大的树木也会将他抬升到与主接近的位置以使他的心灵变得宁静。苏莱曼·阿塔莱站在那儿显得有些局促不安,他逃避着叶尔孤白有些无措的眼神。但由于叶尔孤白执意地瞅着他,对他一直没有丧失信心,于是他问欧布西道:

  这些石料都是谁的,欧布西?!我的意思是这石料的主子着急吗,他们马上就要开工?!

欧布西很肯定地说：

> 整个世界，苏莱曼，马上就要迎来冬天
> 了。要过冬的事儿什么都是忙的，石料的主
> 子们还隔三岔五地跑来问呢！

欧布西沉默了一会儿，吐了一口烟，然后点数着他们面前所有看得到的一堆堆的石料，都是本村或邻村谁谁谁的。苏莱曼·阿塔莱煞有介事地点着头，叶尔孤白赶紧凑上去满怀希望地问道：

> 你瞧……苏莱曼，你能不能把咱们的事
> 儿跟石料的主子们说说，说死神能等吗，所
> 以客栈的事儿也是等不了的！

苏莱曼·阿塔莱看了看叶尔孤白愁云密布、因急迫的渴望而抽搐的脸，还未来得及回答，就听叶尔孤白接着又问道：

> 说，兄弟，你到底能不能？

苏莱曼·阿塔莱为了向叶尔孤白表示他自有安排，要他尽管放心，说道：

> 我们会看到的，叶尔孤白，我们会看
> 到的！

接着，苏莱曼·阿塔莱和赛姆阿就与欧布西谈了起来，他们谈到零

散的石料够不够建客栈、赛姆阿是否算过支撑门和窗的梁有多少条，它们的长度确定了没有，对于石料欧布西出价多少，他是今年就要所有的货款还是可以等叶尔孤白一年、等到他的客栈可以自力更生，还有在用黑石料还是白石料建客栈的问题上是否有什么建议，一个个的问题围绕着客栈展开，又聊到叶尔孤白的条件很艰苦，赛姆阿可以在这间客栈上花费的时间很短，因为他在别的村子和城镇还有别的工程。他现在只是回家探亲，要不是苏莱曼·阿塔莱这么大面子他是不会答应帮着建客栈的。欧布西也谈了谈他在采石场生活和有关建筑的丰富经验，说那些石料——他爱它们爱得一离开它们就会想它们——让他头发都白了，他尝试过很多别的职业，但都未能坚持下去，对石头的感情总是让他又回头操起老本行来，欧布西说着说着扯到砸石料悦耳动听的声音有时断断续续有时又是连贯的，那声音比音乐还要壮美，那时候苏莱曼·阿塔莱正为自己似乎处身于来自一个辽远世界的喧嚣、嘈杂、敲敲打打之中而抱怨。欧布西明目张胆地挖苦他说，他抱怨他身处榨油坊——那儿的水车寂静得让人痛苦，一点儿声音都没有，既没有开始也没有结束，抱怨处在水磨旁边——那儿牲口的气味和景象从来不张不显，天长日久水磨的声音只会让人变成聋子、患上心脏病。大家就这样一直谈笑风生着。叶尔孤白似乎有些心不在焉，他感觉大门冷冰冰地在他面前关上了，已经没什么希望了，谈的都是榨油坊、磨坊、油、女孩儿、碾谷机、肥皂的味道、石料的开凿……这些东西，是目前根本对他无关紧要、他提不起丝毫兴趣去追究、去参与讨论的问题。他独自低着头，在心里面自言自语。他把一些石料翻过来倒过去地端详着，瞅瞅它们的边缘，又瞅瞅它们笔直的侧线，并尝试把它们抬起来以掂掂它们到底有多重，再就是测测它们的长度是多少，排放在一起的梁各自有多长。他先是用步测，随后又用手掌测了测柞宽。他时不时地会问上赛姆阿和欧布西一两句，这是门的梁还是窗户的？一块石头要变成石梁需要用多长时间？从他问的问题来看，似乎是一次性就想把这门行当的所有看家本领都学到手似的——而他甚至连锤子和凿子都还没有拿过！

在返回的路上，欧布西回到他采石场的工作那儿去了，赛姆阿也从另一条更近一些的小路回村去了，这时，叶尔孤白十分不快地问苏莱曼·阿塔莱：

> 这是个不好的兆头，苏莱曼，不是吗？！

苏莱曼·阿塔莱对他的话感到有些莫名其妙：

> 不好的兆头！为什么，兄弟？！

但马上他又平静地说：

> 我要是能说服那些石料的主子们让他们相信你迫不及待地需要它，你是客，但没地方安身，我们就能拿到石料马上开工。要是我办不到的话，我们就只能等几天等到我们的石料准备就绪了！

叶尔孤白担心的正是延期：

> 冬季，苏莱曼，正是我收纳那些因冬天的严寒和夜的漫长而出不了门的旅客的绝好机会。

> 冬季，苏莱曼，是旅馆的旺季。春夏两季游客都不会出不了门；在那两个季节晚上出行是非常有意思的事情，夜晚的凉意令人神清气爽，牲口行进的力量是惊人的；另外，别忘了月光皎洁的夜晚是人充溢着漫步、出行和消夜激情的时刻。所以冬天才是我的绝好机会，兄弟！可你瞧我遇到的这些挫折和打击！

叶尔孤白跟苏莱曼·阿塔莱讲着让他烦心的事儿，就像是苏莱曼打开了他诉苦和抱怨的闸门：

兄弟啊！

叶尔孤白继续痛心地往下讲，苏莱曼·阿塔莱也希望他给他细细说说，于是叶尔孤白说道：

> 我刚到这儿来的时候，不知道怎么到桥那儿去，苏莱曼，我转了好多个圈儿，走了好多条小路。我、我的女儿们，还有我的驴饱受折磨才到桥那儿。荆棘刺坏了我们的衣服，条条羊肠小道磨坏了我们的鞋子，也磨肿了我们的脚。
>
> 谁送我们到这儿来的呢？风每每刮起来的时候，交错的小路没少让我们吃土，如此多的风啊。

当我们经过村里时,狗朝我们叫个不停,有的还用牙咬驴的尾巴,都咬得流出血来,还有的追着我的女儿们跑,把她们吓坏了,不停地诅咒来到这儿所经历的这段时间。我一无所措,劝姑娘们忍耐,自己跑去追被疯狗吓得驮着沉重的行李跑出数十米远的驴子。那些狗拦住我们好多次,不让我们靠近桥,一直对我们凶巴巴的,直到我们绕着村子转了好几圈儿它们才和我们熟起来,于是就不再进攻我们,叫也叫累了,甚至都懒得理会我们了。在我们从远远的村边经过的时候,遇到一个高个子的男人,令我们有些茫然。他拦着我们不让我们前进,在我们都被吓到后他让开了道。我们到了桥那儿,看到有好多没有果实的树,光秃秃的没有叶子,橄榄树也没结果,那黄色的、高度和大小各异的荆棘丛欢迎着我们,石头奇形怪状,黯然无光。没有任何东西对我们笑脸相迎,苏莱曼,无论是人、树,还是地方。我灰心失望极了,兄弟,我太累了,帮帮我吧,我求你了;你的善心哪里去了?!

苏莱曼·阿塔莱将他拥抱在胸口,拍着他的背好让他平静、镇定下来,并且提醒他说:

你怎么啦,叶尔孤白,我看别人还没对

你吹气你就已经软弱得败下阵来了。男子汉，如果你对比对比——你现在走的正是我先前来这儿时所走的开始那几步——你会惊奇地发现，我那时也没有一个人帮助我，没有人跟我问好，看我现在的情形，我是如何历尽艰辛才得到今天这样的安适和悠闲的。别害怕，兄弟，我不会丢下你不管的。苏莱曼·阿塔莱会跟你在一起的，男子汉。我希望你不要这么悲伤了！

叶尔孤白在苏莱曼·阿塔莱的胸口哽咽着喃喃道：

你将是我的救星和最贴心的人，苏莱曼！

苏莱曼·阿塔莱马上毫不犹豫地说：

是的，兄弟，是。所以我们的血一旦混在了一起，我的就是你的，你的也就是我的了！

叶尔孤白垂着头，像是在诵经的样子。他使劲儿地挠自己的耳朵，他想起他将要把他的女儿茱黛特送给苏莱曼·阿塔莱，到那时候，在女儿的配合下苏莱曼·阿塔莱的脖子上就会套上一个活结，这样他就可以做他想做的事。有了女儿做媒介和桥梁，他就能从苏莱曼光闪闪的金子中抽出不少来。现在两人之间仅相差一步的距离，苏莱曼·阿塔莱在前面，叶尔孤白跟在后边，他边走边说，从憧憬迈入到现实中。他好像是在追赶着前面的苏莱曼·阿塔莱，对他听得心不在焉感到有些窘迫：

> 我会说服茱黛特让她做你妻子的。
>
> 毫无疑问，她会对你十分的满意，她会赞赏我们这种状况的，你们俩的婚姻会使你我相互间联系得更紧密！
>
> 姑娘会知足的，在这儿，她找不到比你更好的了。但如果茱黛特对你不中意的话，梅伊姆奈也会中意的。梅伊姆奈很聪明，茱黛特和梅伊姆奈之间我就没发现她们有什么区别。我几乎要混淆了她俩；她俩一般高，长相一个样儿，是一齐生的。
>
> 甚至蒂娜也会欣赏你的，苏莱曼，如果她的两个姐姐拒绝嫁给你，你可以要蒂娜。
>
> 她们中必定有一个将会接受你的，苏莱曼，心甘情愿、满心欢喜地。但如果她们都对你感到满意！谁会讨厌富足、宽适的生活和拥有相当的社会地位？！除了疯子，没有一个人会讨厌。我的女儿们都是很聪慧的，你自己会看到的，苏莱曼！但愿你还记得昨天早上她们是如何以光彩照人的脸孔、美好的笑容来迎接你的。
>
> 我的女儿我知道的，日子再怎么难过她们也总会给我安慰！

是的，我的女儿们相互间的关系非常密切。一个人走，另外两个就会跟着走，要是其中谁流泪，另两个也会痛哭起来；这是没错的，但必要的时候，她们中就得有人做出让步和牺牲。

毫无疑问，茱黛特会识大体。她会把婚姻的大门让给她的两个妹妹。会为两个妹妹打开崭新世界的大门。她会失去理智的，苏莱曼，如果你跟她讲你的情况、你的财产、还有她可以从你这儿得到的宠爱的话。茱黛特在她母亲过世后到她的妹妹蒂娜长大成人的这么多年里受了不少苦。我求求你，兄弟，让茱黛特得到你的宠爱吧，我希望你这样做！

我希望你对我、对她说，但愿你的双臂不是用来打架、施暴的，而只用于温柔的拥抱，但愿你浸了油的手生来只是用来数你和她袋子里的钱的，或者说，只是她袋子里的，因为你的袋子已经装满了，但愿你轻柔的手指只是为和她嬉戏逗乐、为抚弄她因流血而几乎失去了美丽的下唇而生的，但愿你的双足迈上一条捷径，只为开辟崭新的道路，以便她和她的家人过上幸福和富足的生活！

但如果茱黛特拒绝呢?!

不,她怎么会拒绝呢!

我说,如果她拒绝呢?!

那梅伊姆奈不会拒绝。

梅伊姆奈会理解她的大姐留给她的这条路是她建立她和她家人生活的绝好机会,因为茉黛特会一直在旁边帮助我。是的,一旦茉黛特拒绝了,梅伊姆奈会摆脱这个困境的!

但是如果二女儿梅伊姆奈结婚了,抛下大女儿茉黛特未嫁,这不是让人痛苦的事吗?!让痛苦离开它的主人吧,我会为痛苦掘个坟墓将它埋葬,客观情况自会定夺!

叶尔孤白沉默了下来!他跟在苏莱曼·阿塔莱后边向着家这边走来,他们已经离家很近了,两人一步步跟得很紧,就像是被拴在一起似的。他们朝下看的时候,那条小狗不停地高声叫唤起来,他们看看姑娘们,她们正忙着干活儿,他拍拍苏莱曼·阿塔莱的肩喊起来:

看,苏莱曼,她们在建设生活呢!

一个做饭,一个缝帐幕,还有一个打扫。跟她们一起生活多美好啊,她们就是一个整体。但尽管如此,我还是要牺牲我的这种欢乐,把她们中的一个嫁给你为妻。我将要在你与我之间分割幸福,苏莱曼!

苏莱曼·阿塔莱昕叶尔孤白说着要将他的一个女儿嫁给他的话,

而且看到跟他打招呼的这几个女子个个年轻貌美，柔媚的微笑上边蒙着一层薄薄、红润的娇羞，优雅而光彩照人，心里乐开了花。

叶尔孤白的女儿们欢蹦乱跳地围拢过来迎接着苏莱曼·阿塔莱和父亲的归来，经过在热乎乎的河水里长时间地洗浴，一个个显得光彩熠熠；尽管时值午后，太阳已升得老高，但展现在两人面前的仍然是还未从姑娘们脸上褪去的清晨的亮彩。

她们对苏莱曼·阿塔莱长时间端详和审视她们的目光并不感到奇怪，他看着茱黛特的脸和胸部。她跟她父亲在一起的时候就首先认识了苏莱曼·阿塔莱，所以她是最欢迎他的。但她以及她的两个妹妹都没有想到过他是因为要娶她为妻，故而这么久地注视着她。看到苏莱曼·阿塔莱对茱黛特暴露出来的这种企图，只有叶尔孤白一人是最高兴的。茱黛特静静地对他表示欢迎，招呼他到屋里去坐，说他和她父亲都累了。苏莱曼·阿塔莱逗她道：

你，茱黛特，会使我们的疲劳消失得无影无踪！

茱黛特笑着点头表示附和，她为他的话以及对她抱有意图的亲近感到有些吃惊。叶尔孤白为对话发展得如此绝妙感到高兴。蒂娜壮了壮胆，靠近苏莱曼·阿塔莱对他说道：

还有我和梅伊姆奈也一样，我们都将消除你们的疲劳！

苏莱曼·阿塔莱激动得欣喜若狂，叶尔孤白也得意扬扬，快活得鼓起掌来，他转过去看着苏莱曼·阿塔莱，将手放到他的大腿上轻声对他说：

我跟你说过的,我的女儿,我了解她们的!

叶尔孤白和苏莱曼·阿塔莱坐着叽叽咕咕地低声交谈着的时候,姑娘们从他们面前退了出来,茱黛特回到灶台去做饭,梅伊姆奈跟着她。蒂娜则回去继续打扫四处飞舞的落叶、秸秆和尘土。蒂娜缓缓地扫着,企图吸引苏莱曼·阿塔莱注意到她的灵巧和工作的耐性,梅伊姆奈叫了叫她,让她暂停打扫,留到别的时间再干,因为这样对父亲的客人是不合适的!

当姑娘们都聚在吃的东西旁边的时候,茱黛特开始把它分盛在两个大盘子里,她们谈论着父亲对苏莱曼·阿塔莱说的那句古怪的话"我跟你说过的,我的女儿,我了解她们的!"她们想破解这话的含义,但试了几次都没有成功,但她知道父亲是在说她们,她们一齐把吃的送过去,言行举止都十分客气周到地招待着苏莱曼·阿塔莱。每个女孩儿都在想,要是自己能在不伤害苏莱曼·阿塔莱感情的情况下,帮他擦擦他那从右边嘴角直流到下巴去的口水就好了,那口水看起来就好像一条小小的支流,一波一波在他红得像被猛地揉搓过似的脸颊上那些毛发中间闪闪发亮。在她们看来,苏莱曼·阿塔莱似乎只有在他的口水从下巴颏儿一滴滴流淌下来的时候他才会感觉到它,他敞着衬衫,露出没毛的胸脯。每个姑娘又在想,要是能制止住他的手一活动或是取什么东西时就不住地颤抖该多好。那些他碰着的东西暴露了他颤巍巍的手。身边的蒂娜递给他的那杯水,他在坐着的整个过程中一直喝个不停。

梅伊姆奈和茱黛特退到屋子一角或是去屋外的时候,她们就在想,要是能让她们把苏莱曼·阿塔莱弯曲的脖子推拿直了就好了,或许推

拿那么一两下,他就能恢复他的活力和魅力,茱黛特不无遗憾地说:

> 可惜不是推拿或是弄那么一两下就能消除他脖子上的褶皱的,那毕竟是年深日久作用的结果了!

当两人在外面的时候,听到蒂娜在父亲和苏莱曼·阿塔莱那儿大笑起来,因为他们一致决定由叶尔孤白来为苏莱曼·阿塔莱剪头发、刮脸。听到笑声,茱黛特和梅伊姆奈走进屋,想看看发生了什么事儿。蒂娜一见她俩就说道:

> 我们要为他剪头发、刮胡子!

两个姐姐也乐起来。苏莱曼·阿塔莱听不出蒂娜话中讥刺的意味,他对她们而言就像一个与之毫无干系的存在。四周遂被喧闹嬉笑声所淹没,那笑声中还杂着姑娘们特别的意味和讥讽。不一会儿,姑娘们就吵吵嚷嚷地把理发工具和水送到了父亲和苏莱曼·阿塔莱那儿。他们已经来到外面小狗的窝旁边,苏莱曼·阿塔莱坐在那儿的一块低矮的石墩上,把头伸给叶尔孤白,叶尔孤白围着他,手里忙乎着给他剪起头发来。一旁女儿们为父亲一件件擦着他所需要的工具。茱黛特隔着一段距离正对苏莱曼·阿塔莱站着,手里捧着一面大镜子,镜子里映出苏莱曼·阿塔莱的模样来。好几次蒂娜想去端镜子站到苏莱曼·阿塔莱对面都被叶尔孤白拦开了,因为镜子在她手里老是会晃来晃去,于是叫她站到工具包旁边,需要什么工具的时候就一件件给递过去。与苏莱曼·阿塔莱长时间地面对面弄得茱黛特对他越来越反感,他展现在她面前的样子一点儿不讨她喜欢,父亲都要比他显得年轻,他已是一副饱经风霜的模样了。但同时,这种面对面又使得苏莱曼·阿塔莱越来越为茱黛特所吸引。她的脸孔鲜润美好、靓丽动人,清晰地呈现在他的眼前,还有那丰满的胸部,每每一走动或是晃动身体就会颤起来。他还注意到了她美丽的手指,她肤色的白皙,只见她端着镜子的边缘,镜子遮到她腹部的半边;在苏莱曼·阿塔莱的右边,梅伊姆奈正遵从父亲的吩咐把火给生了起来!蒂娜在为大家唱歌逗大家乐,因为那歌不是剪发时唱的,而是小孩子行割礼时唱的。在离他们稍远的地方,驴子正低头吃草料,根本不在意周围发生的事儿。那狗则俯卧在那儿,摇着尾巴,开始的时候由于见一群人侵犯它家园附近的领地因而愤怒地狂吠了几下,后来就乖乖在一旁瞅着眼前正在进行的事件。

苏莱曼·阿塔莱还没坐到石墩上,把头伸给叶尔孤白时就问道:

你准备怎么给我剪头发,叶尔孤白?!

叶尔孤白回答他:

我不会给你剃一个锅盖头,也不会把你的鬓角削得太短的!

叶尔孤白听到苏莱曼·阿塔莱喃喃地表示赞同后,又说了一句:

但若是你想成为一个虔诚的教徒,那我就不会取你的一根头发,也不会刮你两颊上的任何东西!

苏莱曼·阿塔莱笑着说道:

不不不,叶尔孤白,我是个凡人,按你觉得合适的干吧!

叶尔孤白刚把苏莱曼·阿塔莱的头发剪好,就把剪下来的头发收拢起来拿到火那儿去烧了,边烧边口中念念有词,希望通过这升入天界的目光默助他在未来日子里诸事顺利。苏莱曼·阿塔莱对他的举动感到很奇怪,就问了一句:

为什么烧我的头发,叶尔孤白?!

叶尔孤白说:

因为它是吉祥之物,苏莱曼!

苏莱曼·阿塔莱开玩笑道:

我猜你是要把我的头发种下去,然后给它浇水,它就会重新生长起来,这样一轮一轮地,你围着我再转上几圈儿,你的袋子就填满了!

叶尔孤白还没来得及回答,茱黛特就抢先说道:

我父亲用的水是促死的,不是催生的!

叶尔孤白进一步强调她的话：

对，苏莱曼，用水洗死物是为了促进它的离去，不是生还回来。

我们这样处理你的头发，苏莱曼，是为了在主那儿登个记，让主为我们保佑你！

苏莱曼·阿塔莱对这种想法十分赞赏地点了点头，他开口想说点儿什么，却听梅伊姆奈抢先喊起来：

现在让我们把死呀、登记呀什么的放到一边去，来庆贺我父亲工作的开张吧！

所有人对此都表示同意。叶尔孤白上前一步，他已经把理发用具收到他黑色的工具包里，并把挂在他脖子上的黑袋子解开，他直视着苏莱曼·阿塔莱，茱黛特把手伸向他，手指一动一动地示意他放入一些钱到他父亲的袋子里去。苏莱曼·阿塔莱嘟囔着，不知如何摆脱这种窘境，他根本没想到会有要他付钱这种尴尬的局面。他在心里问自己要不要对茱黛特的暗示装傻?！还是看在她已经开始工作了的父亲面上按她暗示的去做，又或者根本就是为了她?！他感觉被令人为难的等待团团围困，局促不安了一会儿，他终于屈从了茱黛特持续不断的暗示和眼里一味的坚持。苏莱曼·阿塔莱朝叶尔孤白缓缓走过去，从衣襟里掏出鼓鼓的袋子，松开系着它的绳，用两只颤巍巍的手把它遮住，然后拿出一枚钱，十分吃力地放到叶尔孤白的袋中。叶尔孤白假装没看到似的，稳得像一棵树或是一堵墙一样。他一动不动，直到茱黛特又暗示苏莱曼·阿塔莱向她父亲的袋子再投入一枚钱以便让他们听到钱币叮当作响的声音，以便打破父亲的昏睡状态。苏莱曼·阿塔莱就像是被催了眠一般地回应了她。他从第一次取钱币时掩着的袋子中再拿出一枚钱，然后把它投到袋子中，并使它正好落在第一枚上边，于是发出了沉闷的声响，这声音使叶尔孤白双眼一亮，瞬间又重新有了亮光，使他的女儿们又开始欢天喜地起来！

他们就像是事先商量好了，像是在举行一个仪式一般，表现得很熟练，没有任何失误或是出错的地方。没过一会儿，姑娘们就备好了玫瑰红色的黑莓饮料，黑莓是她们一大早采的，附近比较安静的时候她们把它浸到水里放到太阳底下晒了一番，等她们漫长的洗浴结束了，她们就开始美美地喝起来，边喝边不停地聊着、笑着、闹着，快活极了。这种轻松愉快一直持续到叶尔孤白开口说话才被驱散：

你就要做新郎官了，苏莱曼。选吧，兄弟，在我的女儿中挑一个做你的妻子，就要我的心肝茱黛特吧！

灾难般的声音，像喉管里的苦胆，像致命的哽咽；一句话使得叶尔孤白的女儿们猛然间惊愕不已，就像透过一间屋子的窗户第一次俯瞰世界。姑娘们没有说话，像是被一记晴天霹雳击中，全都僵住了！话语如此清楚明了，如此突然，弄得苏莱曼·阿塔莱都不知道该说什么，在一开始嘟嘟囔囔了半天想嘟囔出几句得体的话没能成功之后，他简直不知道该怎样做了。当叶尔孤白的女儿们全被吓得用手捂着脸，一下子都从他身边跑开的时候，他难堪极了。她们一个个都往前欠着身，像是要吐光胃里的所有东西，黑莓饮料泼到了苏莱曼·阿塔莱的胸腹之间，当事实清楚地表明：他这样一个朽老之人，叶尔孤白的任何一个如花似玉的女儿要接受他、应允他都是非常困难的事时，他张大了嘴巴，眼睛也瞪得老大。他像是害了瞎眼病似的碰了碰一旁的叶尔孤白，喃喃地说：

救救我，叶尔孤白兄弟，救救我，我的运数已经明摆着了！

叶尔孤白像是就等着这句话的样子，他站了起来，追上他的女儿们，女儿们在屋里趴倒在一起，她们恸哭不已，如此地伤心，久久地颤抖着，根本不顾一旁父亲的举动，也不理会他询问她们发生了什么事情的声音！她们用同等痛苦、悲惨的声音号啕大哭着，仿佛在这伤心的时刻父亲对她们的爱都溜得无影无踪了。

尽管叶尔孤白反复地问：

发生了什么事，我的女儿们?!

尽管他使劲儿地摇摇这个，摇摇那个，想让她们变得高兴起来。姑娘们如泄的泪水掺和着鼻涕濡湿了她们的脸孔，哭声越来越大，没人应他一个字，甚至看都不看他一眼！这把叶尔孤白吓坏了。尽管哭泣、询问、安慰、恳求了半天，苏莱曼·阿塔莱也没从叶尔孤白身后走出来假装似的问一下："她们为什么哭啊，叶尔孤白？"就在刚才，姑娘们还那样高兴，那样开心！他认为父亲和女儿单独待在一起是很神圣的，他不该破坏这种天然的气氛；该什么样就让它什么样吧。叶尔孤白反反复复的问和不住的呼唤也没有得到任何回应，只听他一直喊着：

我的女儿，我的女儿！

姑娘们一直哭着没停，直到她们的父亲也开始拖长声音、久久地号啕大哭起来，那哭声中饱含着悲伤和心酸，父亲哭得如此大声，就好像是一个世纪以前就开始积攒着的哭声，而今到了将它倾泻出来的时刻。哭声中伴着哀叹，恸哭之人对时运不济、对不顺的日子、对女儿们不帮助他提升在众人心目中的地位的怨诉；所有这一幕非但没有使苏莱曼·阿塔莱对身边叶尔孤白和他女儿们倾泻而出的哀伤和痛苦怜悯地沉下脸来，反而使他的脸上露出一丝满意的微笑，他笑着，像是在安慰自己似的低声自言自语道：

叶尔孤白真正开始他的工作了！

尽管叶尔孤白在女儿们面前哭得如此伤心，叫人的心都要为之流出血来，但没有一个女儿转过来安慰安慰他，或是问问他哭泣的原因。她们只是稍微安静了一点儿，时不时地瞥他一眼，因为她们早已习惯了他为达到心里面的某个目的而哭上一番的举动。叶尔孤白的哭声混杂在女儿们的哭声中间，更增添了他痛心疾首的程度。他对日子总那么不走运恸哭不已。苏莱曼·阿塔莱离开了自己的位置站起身向他们走来。他柔声细语地安慰着他们，但似乎不见什么效果，叶尔孤白还是浑身颤抖着哭个不停，一会儿吸吸鼻涕、眼泪，一会儿把它擦一擦，他的脸通红，五官被揉在了一起，变得肿起来。女儿们紧紧互相挨着，她们平静下来，谁也不说话，不看叶尔孤白一眼。她们各自低垂着自己的头，叹息着，身体还在不住地发颤，抽噎的声音也越来越大；她们似乎在燃起一场从未有过的恸哭，这场恸哭不是几句话或是稍加抚慰就能够平息的！

苏莱曼·阿塔莱开始手足无措起来！他说了很多，安慰了半天，多次向叶尔孤白求助，一直在抚慰叶尔孤白的女儿，他想轻轻地擦去她们的眼泪，没想到被她们冷冰冰地拒绝了，似乎他那颤颤巍巍的手是个要掳走她们灵魂的东西一般。她们将他挡在一边儿，叶尔孤白哭得缩成了一团，两眼发黑，十分投入！没人留心门外狗的狂吠，越发凶猛的狂风吹得树枝乱晃，唯一能听得到的只是哭声，其强弱节奏、音高和音长都极其单调，这使得苏莱曼·阿塔莱感觉在这儿等待下去并不能给他带来他所希望的结果，也不能使叶尔孤白和他的女儿们恢复到先前欢天喜地的状态，于是他便转身朝着门外，面向他在舍马绥奈村的财产，扔下一句话就踱出门去了，然而他留下的那句话却使得叶尔孤白和他的女儿们更加伤心、恸哭起来：

我的心会和你们在一起，叶尔孤白！

他走了，频频回过头去，看着身后——在那儿他给叶尔孤白和他的女儿们扔下重重的悲伤，只有哭泣、悲痛欲绝的颤抖、一串串含混不清的话语和痛楚将他们围在一起！

* * *

旁　注：

完全又重新上演了说服娜娜嫁给那个又矮又胖、长着一张穹顶一般圆乎乎的娃娃脸的有钱人那一幕，区别仅在于一些细节和哭泣人数的不同。那时候娜娜哭了几天几夜，从来没这么伤心过。她屈从了父亲的意愿——为了将来、为了崭新的生活，为了钱、为了穿着打扮的体面，为了丰衣足食、为了幸福快乐，她嫁给了那个人。然而结果是大笔大笔的钱、众多的好处落入叶尔孤白的腰包，娜娜在污秽的储藏室里伴着牛马骡子盲目寻找着自己的幸福……

在艾尤布的陪伴之下——他的激情将她永远地带走了！

* * *

小细节：

那时候，母亲安慰着娜娜，说那男的经常外出，她可以按自己喜欢的方式构筑生活，寻找自己的快乐，在他不在的时候。现在，谁来减轻莱黛特的痛楚和悲伤，谁来对她说苏莱曼·阿塔莱就像是个神话中的人物，总是出现几天又消失几天，她可以凭自己爱好构筑自己的幸福，在他不在的时候！

* * *

补遗一：

谁来在莱黛特的生活中担任艾尤布的角色，这儿没有储藏室，没有库房，只有水泉、茂密的树丛，有石头，有一幢高高的围墙围起来的房子，房子的主人叫作苏莱曼·阿塔莱！

最后的补遗：

似乎叶尔孤白和他女儿们的哭声太大，或者是兴起的风将声音向着四处吹散开去，当叶尔孤白跟在苏莱曼·阿塔莱身后想问问怎样他能满意时，苏莱曼·阿塔莱却早已远远地离开了。叶尔孤白紧随其后匆匆而去，但却是朝着与他走的那条小路相反的方向。那绵长、震耳欲聋的号哭之声把拉哈蒙引到了叶尔孤白的家附近，他越靠近，越感觉像是家里马上就要出殡的情形。到了屋子里，他看到叶尔孤白的女儿们哭作一团，看着她们非常不可思议地轮番哭着，他感到很吃惊。只见她们的脸被泪水濡得通红通红，变得跟石榴籽似的，不住的发颤摇撼着她们柔嫩的身体。他轻轻呼唤，想引起她们的注意，但没能成功。他走得更近些，口中喃喃着摇了摇她们，姑娘们都吃了一惊。她们看到他站在屋子中间，注视着她们因悲伤、痛楚和伤心欲绝而被折磨得像一个个水罐似的样子！她们赶忙擦干眼泪，争相将伤心欲绝而又春情脉脉的目光投向这个男人，当他跪在她们旁边的时候，姑娘们全都趴倒在他的胸口，她们洁白的足露了出来，丰满的胸熠熠发光，头发的散乱反而为被泪水濡湿的脸孔平添了几分姿色。她们在知道了叶尔孤白已经走远并且要过很长时间才会回来之后，在明白父亲的生活全系于苏莱曼·阿塔莱掌心之后都趴在他的怀里。她们向拉哈蒙解释着伤心、哭泣的原因！

　　拉哈蒙不带丝毫惧怕、惶恐的神色用手指擦着她们面容上的泪水，口里喃喃地说着甜蜜的话语，并向她们发誓要当面制止叶尔孤白履行他的意愿！不出一个时辰或者更短的时间，姑娘们的心情就因为拉哈蒙的出现而变得晴朗起来，他喝着黑莓饮料，但没被任何一个姑娘搅得有一丝的心神狂乱，因为她们已经向他承诺以后他要怎样就让他怎样，现在她们的心里很难受。他抚了抚她们的脸颊，感受了一下她们胸部那美好的感觉，接着就走开了。他为平息了她们的哭泣而高兴！

第八卷 同 意

拉哈蒙走了之后,叶尔孤白就回来了。姑娘们又围着他哭起来。茱黛特靠近他,满怀希望地摇着他,用颤抖的、有些惧怕的声音说道:

我到底做了什么,父亲,惹得您要这样赶我?!苏莱曼·阿塔莱给了您什么好处!

叶尔孤白没有回答。他看着茱黛特,他的目光全部集中在她的脸上,眼皮都没有颤动一下。他的脸由于泪水的缘故闪闪发光,因为揉搓和擦拭得太多而通红通红,头发像两丛荆棘似的散在头的两侧。这时梅伊姆奈走近父亲,将手掌放到他的胸口、脖子的附近,摸摸他湿漉漉的衬衫,哀求他,他却仍沉默不语:

让茱黛特跟我们留在一起吧,爸爸,我们还没被她烦呢!

这话似乎与他无关似的,他一动不动地僵在那儿,任蒂娜在那儿哭泣,任她把脸颊贴到他的脸庞,他始终一言不发。她吻着他的脸、他的脖子、他的发梢,他漠然、通红的眼睛睁得很大,面庞上泛着点点红渍,嘴唇一张一合地颤着,整个身子停驻在两条蜷曲的腿上屹立不动,就像是在做礼拜的样子。在女儿们一遍遍反复表达了她们的恐惧、担忧、期望之后,叶尔孤白终于说话了,仿佛瞬间又恢复了活气:

  苏莱曼,女儿们啊,他就是整个世界!
  没有他,我们没法儿在这儿生活。我们要是把茱黛特给了她,他就会给我们整个世界,还有所有的幸福!

  当姑娘们齐心合力地想说服父亲,她们会帮他处理大大小小的事情,操持起所有的一切,没有苏莱曼·阿塔莱,她们也会建设起令父亲满意的生活时,父亲恼怒起来,他解释说:

  你们什么都不懂!这个世界是钱的世界,钱在苏莱曼那儿。没钱我们休想挪动一步!

  他望着茱黛特,说道:

  你也看到了,茱黛特,我们是如何受罪、如何乞求、如何讨好舍马绥奈村的村民才讨得那么一点点吃的,我在他们面前是如何的屈辱、如何的卑下!

他沉默了好一会儿,喘了喘气,又接着说下去,他已经看到两个妹妹沉默起来,而茱黛特也频频点头对他说的话表示赞同,于是他又继续:

> 苏莱曼是多么的富有啊,茱黛特!财富只有用昂贵的代价才能换来。你要是嫁给了苏莱曼,就为我们打开了生活的大门,这扇大门对我们已经关闭得够久了!

茱黛特提醒叶尔孤白在他们来到桥这儿时他曾对她们说过的话:

> 你对我们说过,父亲,我们一开始比较辛苦一些。
> 我们才刚开始,还没怎么辛苦,为什么我们还没一起吃苦,就要把我扔到那垂死老头儿的怀中?!

叶尔孤白似乎是感觉到这话有助于他说服茱黛特,忙激动地说:

> 说得好,茱黛特,我的宝贝。
> 没错,我们必须得吃苦。难道你不把嫁给苏莱曼·阿塔莱叫作吃苦吗?开头总是崎岖不平的,我的女儿,必须得吃苦。你嫁给他意味着我以后将骑在他的背上,我们将因他的金钱和财富而过上安逸、宽适的生活!

叶尔孤白满怀激情地补充着,他猛喝了几口水,这时梅伊姆奈对他说道:

但他这样老,爸爸!

你说得对,梅伊姆奈,这是他必需的,他的日子不多了,他清楚这个,我没这么不近人情、这么残忍——要茱黛特陪着他过一辈子。茱黛特还年轻,她会嫁给一个像他一样年轻的小伙子,和他生活在一起,为我们生一屋子的孩子。我不会那么残忍,我的女儿,我是一位父亲!

茱黛特哭了,她叹息着,两个妹妹在她身旁安慰着她,她的目光落到自己的襟怀,她对父亲说道:

但是,父亲,要是我为他生了个儿子呢?!

叶尔孤白马上面容放光,就像是茱黛特已经答应嫁给苏莱曼·阿塔莱似的,因为她问这样的问题无非是想进入到问题的细节当中,而这些细节又取决于一些要经过或短或长的讨论才能决定的事情。叶尔孤白兴高采烈地对她说道:

你要是为他生了个儿子,我的女儿,那

就是他老年的种，是主怜悯他所以降给他一个儿子。等你为他生了个儿子，我的女儿，你就将他这辈子绑在了你的脚上，你走他也走，你停他也停！

叶尔孤白咽了好几下口水，接着又继续唾液星子乱溅地说下去：

不管我们怎么想关于苏莱曼的这件事，你嫁给他，我的女儿，都是我们获利，为他生的儿子也是我们的，不是他的！

就这样，叶尔孤白和女儿间的对话持续了很久，父亲一心只在苏莱曼·阿塔莱身上，为了达到这一目标着力排除一切障碍，姑娘们则传布着恐惧和忧伤。对话直到姑娘们要父亲给她们一点儿时间让她们在一起讨论讨论以便达成一致的意见时才停下来。这时候，叶尔孤白欢快异常，收起那一瘸一拐的模样，让女儿们独自待在卧房里，自己轻捷地踱到屋外去。在那儿，驴子正在到处寻觅它的食物。这时叶尔孤白才发觉它的草料所剩无几了，于是拢了一捧干草，把它放到驴子旁边，然后把拴驴的绳子放长了一些好让它吃到远一些的草！

在驴子的附近，宰第一头驴子的地方，叶尔孤白弯着腰，边走边用模糊的声音喃喃地念着一些莫名其妙的话。

没多久，叶尔孤白又站直起来，他看了看午饭后给狗添的食儿还有多少，发现狗还没把它吃完，顿时感到心情舒畅，脸孔也显得容光焕发、喜气洋洋。他朝狗点点头，狗即刻会意地摇摇尾巴。他又朝女儿们那儿走去。正迈着步子，他看到女儿们全都聚在茅屋前，就走上前去。当他来到她们面前时，蒂娜告诉他茱黛特已经答应嫁给苏莱曼·阿塔莱。他十分高兴，似乎这有些出乎他的意料之外，他开始不由自主地抽搐起来，身体也失去了平衡，接着就趴倒在地上。姑娘们全都靠拢过来，向他弯下身去，他开始用一种令她们十分吃惊的方式吻着她们，随后就像失去了知觉或是突然间不能呼吸似的一声不响地瘫软在女儿们中间，要不是听到他呼气的声音和吐出的几个破碎的音节——开头的几个字母是茱黛特，女儿们都无法确定他还活着。

他最后的话音一落，姑娘们立刻号啕大哭起来，她们使劲儿叫喊着他，茱黛特冲到水罐那儿舀了水直接泼到他的头上，梅伊姆奈和蒂娜按着他的心脏，吵吵嚷嚷地捏紧他的鼻子。姑娘们惶恐地对视着，叶尔孤白整个仰卧在地上一动不动，浑身已经湿透。一直到茱黛特从水罐底部舀出仅剩的最后一点儿水、水罐也破了的时候叶尔孤白才被唤醒过来。叶尔孤白恢复了知觉，紧闭的脸孔和双眼重新舒展开来，他吐出一个词儿，这个以疑问方式出现的词儿似乎有些不合时宜：

碎了！

他的目光对着的是那个没了脖子的水罐。

茱黛特回答他：

重要的是你！

她用审视的目光看着父亲，他更加不快，脸也习惯性地皱缩起来：

全碎啦？！

茱黛特没有回答，她只能看着两个妹妹的脸，像是在寻求援助。于

是梅伊姆奈愤然地喊道:

> 让它进火狱去吧,让它碎去吧。
> 到我这里来,父亲,离它远点儿吧,吓坏我们了!

叶尔孤白坐定下来,目光溜到水罐那儿,嘀嘀咕咕地说:

> 脖子掉了不要紧。你就是我的脖子,茱黛特你可以放长它,可以缩短它。让他的手放到你的手心里吧!

叶尔孤白浑身发热、颤抖,他的双唇管不住四处乱溅的唾沫。姑娘们没料到父亲会这么突然地苏醒过来。就在刚才,他还好似死人一般!

叶尔孤白没穿衣服似的慌张地站了起来,把脚伸进他宽大的鞋子里,从女儿们前面走开了,边走边对她们说:

> 我们不该在没水的状态下过一夜,我的女儿们。我要到苏莱曼那儿去,趁天黑之前带个罐子过来!

他迈着坚定的步子走了,根本没注意姑娘们对他说的话:

> 等你衣服干了,爸爸!

他走了，他要让女儿们觉得他不想在苏莱曼·阿塔莱那儿耽搁太晚，希望能在太阳落山之前回来！

在他不在的时候，正当叶尔孤白的女儿们谈论着把茱黛特嫁给苏莱曼·阿塔莱的事儿时，那位叶尔孤白和茱黛特在去村里和回来的时候遇见过的老妇人突然出现在屋子附近的树丛和桥之间，她曾要求叶尔孤白用从榨油坊的夏亨那儿取来的吉祥的油覆盖在被献作牺牲的驴的血迹上。老人又高又瘦，好似一个白日里世间的一切都会在她那儿现出原形的幽灵一般。叶尔孤白的女儿们蜷作一团，紧紧靠在一起，她们站在那儿等着老人走近。然而当老人停下来注视着她们的时候，她们开始有些骚动，胆子有点儿大起来。一个姐妹推着另一个姐妹向她那儿走过去。她们拿起她的手吻了吻，请她到茅屋里去坐。老人站在那儿一动不动，满脸愁容，眼球似乎一转不转。尽管老人沉默不语，姑娘们还是轮番邀请她进屋一起坐坐以便对她亲切友好的来访尽尽宾主之谊。但老人还是僵立在那儿。在姑娘们以陌生的目光，老人以审视的视线相互打量了一番之后老人说话了，她的话显然是针对茱黛特的：

听我说，茱黛特，我的女儿，别按你们想的那样去做，父亲毕竟是父亲。谁害了他谁就会被处决。你嫁给苏莱曼·阿塔莱无疑是非常重要的。答应我，我的女儿，在他那儿你不会遇到什么痛苦和不幸的！

当老人劝慰着茱黛特的时候，茱黛特的脸孔早已被泪水所淹没，她只说了两个字：

但是……

老人补充说：

你和他一起的生活将会非常幸福快乐，但不会久的，我的女儿！

当茱黛特又说了一句话时，老人的面容现出慈爱和怜悯来：

但嫁给苏莱曼根本就是一种死亡，无所谓生活，老妈妈！

你想错了，我的女儿。相信我，没有什么痛苦和伤害在他那儿等着你！

老人转身要离开，临走之前她郑重地告诫她们：

别按你们自己的商定的那样去做，父亲就是父亲，我的女儿们！

老人头也不回地消失在树丛中，姑娘们则惶惑不已、茫然失措地站在那里。她们呆呆地，像是被钉住一般，心里半是伤心、失望，半是为难、困惑和恐惧；姑娘们还未来得及问问这老妇人是如何知道她们的决定的，茱黛特已经如泄洪般地恸哭起来，就仿佛老人的话就是她即将到来的宿命，她嫁给苏莱曼·阿塔莱已成为无法逃脱的定局。

在梅伊姆奈和蒂娜安慰她的时候，蒂娜问道：

你会按老妈妈的话做吗,茱黛特?

茱黛特屈服地颤抖着点了点头,两个妹妹散开石榴粒般的泪珠伤心地、久久地哭了起来。

她们相信茱黛特现在是真的伤心了,她的哭声充满了悲伤、痛楚,如焚一般的炽烈,就在刚才,她告诉父亲答应嫁给苏莱曼·阿塔莱还只不过是一句谎话!

她们也明白,在茱黛特为自己的命运深深叹息、垂泣的这一刻,她们所能做的也仅是安慰安慰她而已!

* * *

旁　注:

对叶尔孤白的女儿们来说,此刻没有什么能将她们从悲伤和哭泣的绳索中解脱出来,除了到桥那儿去会拉哈蒙。因此,她们下到小路上,每个人都沉默得如同出殡一般地走着。突然,那位老妇人又再次从树丛中出现并向着她们走来。她们看着她,跟她说要到河边去。老人靠近茱黛特,用指尖擦了擦她脸上的泪,对她说道:

"来,茱黛特,让我们为你答应嫁给苏莱曼·阿塔莱庆祝一下吧。他正在到这儿来的路上呢!"

于是大家开始往回走,谁也不说话,沉默将她们团团围住,只有几声蛙叫和衣服被荆棘刺破时发出的声响,还有远处牧人的呼唤和四处的流水声。靠近叶尔孤白的家时,那位老妇人走在最前头,茱黛特、梅伊姆奈和蒂娜在她四周,落后她数步的距离。

* * *

小细节:

在榨油坊,叶尔孤白和苏莱曼·阿塔莱当着夏亨的面久久地拥抱着。这拥抱似乎表明茱黛特已经应允了同苏莱曼·阿塔莱的婚事,而叶尔孤白自己也是这么说的。摈却繁文缛节,也没有什么开场白,叶尔孤白直接表达了他希望苏莱曼为她们带上一个空水罐——原先的那一个昨天已经碎了,然后跟他一起回去庆祝茱黛特对婚事的应允。苏莱曼·阿塔莱兴奋起来,充满了活力,当即就同意了。他们没直接到叶尔孤白家里去,而是一起来到了苏莱曼·阿塔莱家,在那儿,在他那由高高围墙围起来、窗户也很高,如同城堡一般的家中,苏莱曼·阿塔莱拿出藏在黑暗密室里的黑莓酒,刚走过来,马上又返回去,或者说是在叶尔孤白的要求下返回去，他为茱黛特取了件礼物，说她将会对它感到很开心的！

另一个细节：

在叶尔孤白的家里，苏莱曼·阿塔莱对那位露着银白头发的老妇人感到很吃惊——她竟然即刻就认出了他，并且叫他靠她近些，站到茱黛特的对面好让她在吉祥的夜里、吉祥的时间，用吉祥的手为他们的婚姻祈福。苏莱曼·阿塔莱靠了过去，茱黛特也靠近了，叶尔孤白的嘴唇直发颤，梅伊姆奈和蒂娜落下泪来。茱黛特的手放到了苏莱曼·阿塔莱的手里，鲜嫩与干枯，接受与逃离，老妇人叽叽咕咕地说着含混不清的话，接着，她让苏莱曼·阿塔莱把他的新娘子搂到怀里，苏莱曼·阿塔莱照办了。之后，干净的杯子里倒满了红酒，大家开始喝起来，老人一声不响地离开了，叶尔孤白跑去追她，叶尔孤白的女儿们也去追她，还有苏莱曼·阿塔莱，不过他落在他们后边好几步远！

* * *

补　遗：

当大家正在饮酒的时候，茱黛特站在苏莱曼·阿塔莱的身旁，向他要求明天从一大早开始两人就单独待在他的家里以便为他们以后生活的一些事务做出安排。苏莱曼·阿塔莱一脸欣喜，他感觉那地方再也容纳不下他无边的喜悦和幸福。

整晚大家都没睡，直到叶尔孤白和女儿们有些神志不清了，苏莱曼·阿塔莱才同数个时辰或更久前就被他叫过来的夏亨一起离开。他多么想留驻这充溢着无比幸福的时刻，就在这一刻，茱黛特——对他来说如此貌美的女子就要被他翻来覆去地抱在怀里，他将用他所有的感官和触觉去了解她赤裸的身体，她神秘、迷人而稀奇的身体。他将希望主把他的寿命延长到一千岁，让他能够体味那躯体所有的美丽和玄妙！

最后的补遗：

当苏莱曼·阿塔莱准备到舍马绥奈村去的时候，叶尔孤白与他一道出了门，那时候他还被浓重的困意所困扰。他没有朝舍马绥奈村去的那条小路走去，而是一把抓住苏莱曼·阿塔莱，要他朝客栈的建筑地那个方向去。整个世界还被笼罩在一片漆黑之中，什么也看不清楚，弯弯的月牙儿泛着银白色的光。苏莱曼·阿塔莱朝着叶尔孤白喊，叫他放开他让他自己走。晨曦薪露，借着晨光建客栈的那片地已依稀可见。叶尔孤白没有放开苏莱曼·阿塔莱，执意地拉着他朝那儿走，苏莱曼·阿塔莱觉出叶尔孤白的执拗后就顺从了他。到了那儿，叶尔孤白围绕着什么时候建客栈的石料可以运到，他觉得什么时候客栈能够开始赢利之类问了他许多问题，他伤心地对苏莱曼·阿塔莱说：

"我求求你，苏莱曼兄弟，我的女儿也就是你的女儿。莱黛特，我已经把她给了你，快把石料运来吧！"

苏莱曼·阿塔莱冷冰冰地对他喊道：

"我要是你，我就背上理发的工具包到各个村子里去求得自己的生计，而不是在这儿又是诉苦，又是恳求，叶尔孤白！"

叶尔孤白赞同他——这样确实能够带来收益，但不是他到人们那儿去，而是人们会到他这儿来。苏莱曼·阿塔莱十分厌恶地与叶尔孤白一道走着，他向他承诺说明天会再到采石场一趟，用尽一切办法把石料的事儿办妥，让他不要担心，他不会抛下他一个人的，但他必须终止那无谓的悲观和忧愁！

第九卷　心情愉快的一天

　　苏莱曼·阿塔莱没想到在去舍马绥奈村的路上会发生这样的事！他就像把扇子似的走在狭窄且满是尘土的小路上，荆棘灌木和树丛沙沙作响，鬼哭狼嚎一般地陪伴着他。那旋律忽高忽低，不断变换。苏莱曼·阿塔莱在度过了那收获颇丰的漫长一夜之后就仿佛置身于另外一个世界，那收获让他忘却了周围的漆黑，忘却了猛兽夜里一旦饿了就会凶残地攻击人类。他满心欢喜地走着，一会儿开心得欢蹦乱跳起来，一会儿又在小路的两侧间晃来晃去。如同轻盈、湿润的微风濡湿旱地上的荆棘丛和植物一般，那欢喜的一夜也润湿了苏莱曼·阿塔莱的灵魂。他原先以为这条小路花不了他多长时间，然后到了家他就可以美美地睡上数个时辰，将白日里的疲乏和熬夜的辛苦抛开，直睡到晨光吐露。但那一夜苏莱曼·阿塔莱并没有在家里睡觉，因为他根本就没上那儿去。在半道上，在一大堆石头和大丛的西洋李树中间，他又遇到了日落时分在叶尔孤白家见到的那位同叶尔孤白的女儿们一起出现，前来祝福他的那位老妇人。当老妇人突然很清晰地叫他的时候，他大声地打了个呼哨：

苏莱曼,苏莱曼!

那一声叫唤激起他心底对黑暗的恐惧,以及刚才一直被掩盖起来的那些东西;那是一声轻柔、甜蜜、满怀喜悦的呼唤,故而立即就掌控了他的双足,他循声转过身去,条件反射似的问道:

谁,谁叫我?

老人还没来得及回答,他又更其惊恐地喊了一句:

谁在那儿,谁叫我?

老人应道:

过来,苏莱曼,到我这儿来,孩子!

那声音让他感到慰藉,同时也将他给吸引住了!因为他确定那是一声女人的声音,而不是男人的,这毫无疑问很大程度地消除了他心里的畏惧感,于是他像梦游一般带着团团的恐惧和困惑朝着那声音走去。当他靠近那声音发出的地方时,在与小路并行而生的西洋李树丛中,老妇人像一个黝黑的、长长的、影子忽闪忽闪的鬼魅一般出现在他的眼前。他机械地向她走去,对阻碍他前进的荆棘和其他植物毫无知觉。这时再没听到那夜里熟悉的蛙叫,没有树叶和其他植物发出的沙沙声,没有潺潺悦耳的流水声,没有蚱蜢欢快的歌唱,所有这些对他都无甚意义了。整个夜笼在对峙的悬念和忧惧之中。他靠近了她,惊恐地站在她的面前。他已经认出了她,因而一开始一句话也没说,只等着她对他说点儿什么。他甚至连问候都没问候一下。他期待着她,喉头直发干,恐惧使得他话都说不出来。没有任何讷讷,老人直接声音洪亮地唤他道:

过来,苏莱曼,跟我来!

老人轻巧地转过身,拄着手杖迈向前边很陡的坡,向她的茅屋走去。她的双脚和双腿落在秸秆和其他陆生植物上边的声音十分清晰。苏莱曼·阿塔莱像俘虏或是被凶猛的鬣狗俘获的牺牲品一般跟着她,她将他带到一个对于他比较安全的地方,一声不响地给他吃了些东西,并且开玩笑说这只是要拿他开刀前的演习。他走到她身后,没有任何逃跑的意思,也没问她她是谁?为什么要迫使他跟从她?要到哪里去?他跟在她身后没走多久就来到一间他从未见到过的茅屋跟前。就在门的旁边,被一圈圈的光晕所环绕的灯芯跳动着。他的目光一直停留在老妇人身上,停留在她的行动上,脑子里老有一些问题在打转。老人自行其是,看都不看他一眼,也不和他聊聊,以使得他能镇定一些。她的沉默有着一种超凡的使人惊悚的力量,夜更加剧了这种恐惧。苏莱曼·阿塔莱并没留心屋子里的细节,没注意屋子奇高,高得曲着的西洋李树得以在里边容身,窗户异常宽敞,一大片狗牙根草坪从他面前延伸开去,没注意身边有数处母羊睡觉的地方,没注意老人的狗的目光和它发出的并非犬吠而是鼻子里边哼哼唧唧的声音。他向着老妇人走过去,老人终于开口说话了,她要他坐在摆放于门两侧的高高的石凳上。他一坐下,老人就站着问他道:

叶尔孤白那儿有什么新闻呀,苏莱曼?

我见你在他那儿待得很晚。

苏莱曼·阿塔莱忙回答：

很好，老妈妈，很好！

没想到老人很严肃地呵斥他：

好什么好，苏莱曼，你连拴你袋子的绳都没为他解开一下?!

苏莱曼·阿塔莱丈二和尚摸不着头脑，眼珠都鼓了出来，他使劲儿地咽了好几下口水，说道：

我的袋子?!

老人说道：

帮帮他，苏莱曼，让他成为亲近你的灵魂胜于亲近你袋子的人！

苏莱曼·阿塔莱开始有些壮起胆来，似乎忘掉了夜的漆黑、恐惧和害怕，他喃喃地说道：

老妈妈……

老人没理会他说的,继续往下说:

> 你要帮助他,苏莱曼,因为叶尔孤白将成为这个地方的主人。在你的帮助下他会有利润给你而不会折本,你明白我说的吗?尽力吧,苏莱曼,把你的手放在你的袋子旁边,在失去天赐的绝好机会之前伸出援助之手吧!

苏莱曼·阿塔莱大胆地问了一句:

> 机会,什么机会,老妈妈?

老人十分肯定地说:

> 帮助他的机会,苏莱曼。你要是不帮他,会有很多人帮他。明白吗,还是一夜狂欢弄得你太累了?!

苏莱曼·阿塔莱摇了摇头,借摇头来遮掩他的恐惧和吃惊。他没问老人她是谁,为什么而且凭什么指使他那样干?!她从哪儿来?!为什么他以前没见到过她?!他只问了一个作为做着翩翩美梦的人来说更关心的问题:

> 我会和茉黛特结婚吗,老妈妈?!

老人满怀信心地说：

> 是的，苏莱曼，你会从她那里得到一位继承人！

她的这句话像是一把钥匙，他由此打开了许多晨曦崭露之前都没关注的问题，而天明的时候苏莱曼·阿塔莱已经很困了，他用尽一切力量与困意做着顽强的斗争。但在老人跟他说起他过去发生过的事儿和将会发生在他与村民、夏亨、叶尔孤白、叶尔孤白的女儿们以及其他人之间的事儿时，他还是打盹儿打了半天。在他睡着之前老人告诉他，在那座桥那里叶尔孤白的女儿们会发现一头奶牛，叶尔孤白会再也离不开那头奶牛；那座桥会成为远近各个村子里人们的议论话题，叶尔孤白的女儿们将会是未来给叶尔孤白带来诸多麻烦、怨恨同时也给他带来诸多期盼的人！

当老人觉出苏莱曼·阿塔莱已经昏昏地睡过去时，她停了下来没再说下去，而是退回到屋子里头去了。后来她再出来的时候，手里拿了个白色的罩子，她将之抛到苏莱曼·阿塔莱的身上，在执行完她的催眠工作以后就又消失了！

清晨苏莱曼·阿塔莱醒来的时候心里害怕极了。他看看四处，刚才还在他身边的茅屋不见了，那位老妇人也不见了。茅屋消失了，老人也消失了。

苏莱曼·阿塔莱惊慌失措，不知怎么办好。他在周围像个疯子似的到处转来转去，嘴里喊着：

> 老妈妈，老妈妈！

但没人应声。他又不知该怎么办了，一副愁容满面的样子。他的身体再也静止不下来，嘴里不住地喊着：

老妈妈，老妈妈！

老人没有回答！他仔细看着周围的树，发现都是些筱悬木和橡树，不是他到这儿来时看到的西洋李；而且他还注意到茅屋前面那一片狗牙根草坪不见了；眼前只是泥土和一些覆在上边的陆生植物，还有一些枯黄了落下来的树叶；他再没看到那些石头，还有那些排放在茅屋门两侧的很高的石凳。他大声地自言自语：

我怎么啦，我是在梦里？！

他又说：

谁使得我在这儿睡着了，什么，怎么会呢？！

正当他对周围的一切感到十分恍恍然的时候，太阳已经散开它的光芒，他加紧脚步朝叶尔孤白和他女儿们的家走去，他要去看看过去的这一夜他们那儿都发生了什么。他没走几步，就被老妇人的呵斥声弄得钉在了原地：

到哪儿去，苏莱曼？！

他像被蜇了一下似的朝发出声音的方向转过身，毫无意识地应道：

到叶尔孤白家，叶尔孤白，老妈妈！

老人铿锵且十分清晰的声音从他身后传来：

但是你应该到赛姆阿家去！

苏莱曼·阿塔莱像被蛊惑了一般，转过身喃喃地说：

赛姆阿家？！

老人在他身后肯定地说：

是的，苏莱曼，叫上赛姆阿跟你一道到采石场去，快！

苏莱曼·阿塔莱没应一个字。他直等着老人将她的话说完。但老人没再说一个字。苏莱曼·阿塔莱开始转身巡视着周围，呼唤老人：

老妈妈，老妈妈！

但老人没有再出现，她的声音也消失得无影无踪。苏莱曼·阿塔莱茫然不知所措。老妇人对他而言成了一个谜，令他十分愕然的是，她的声音总是从他身后传来，让他更恐惧，尽管他一直希望老人出现以便向她问一些他不明白的问题。老人却没有再出现，声音也化为乌有。他转身朝舍马绥奈村建筑师赛姆阿的家走去，他要遵照老人的吩咐叫上他一道到采石场去。当他到赛姆阿家门口时发现他正在门外站着等他！

他俩一起朝叶尔孤白的家走去，当他们朝他的家俯视的时候，看到一辆木板车正穿过桥向西面走，车子发出沉闷而哀伤的呻吟，传到他们的耳朵里就好像是人临终时喉头发出的咯咯声。车子被袋子填得满满的，直填到高高的边框那儿。车轮的嘎吱嘎吱声、黑骡子拖着蹄子踏在路面上的声音和赶车人厉声呵斥骡子的声音都清晰可辨。他们还看到一些步伐轻快的驴子，看到一群人坐在水车前面绿色的狗牙根草坪上，一旁的水车隆隆作响。苏莱曼·阿塔莱和赛姆阿听到叶尔孤白的狗在叫，绵羊和山羊在他们周围咩咩叫唤，以及远处农夫劳动和交谈的声音。当他们靠近叶尔孤白家时，看到叶尔孤白和他的女儿们围着一个人，那人站在自己的驴子旁。他们靠得再近些，听到了一个女人哀怨的哭泣声。当叶尔孤白和他的女儿们听到苏莱曼·阿塔莱和赛姆阿说话和走路的声音时，他们散开到一旁，这时露出了一位老妪，老妪的手捂着发胀的脸庞，边哭边悲痛欲绝地摇着头。叶尔孤白一见他俩，赶紧迎上去欢迎他们。叶尔孤白一见大清早苏莱曼·阿塔莱就遵照自己昨晚许下的诺言带着赛姆阿来到这儿就掩饰不住地高兴起来。由于旁边那位老妪的哭声越来越大，叶尔孤白便向他俩解释这位妇人的情况，说她得了蛀牙，疼痛难忍。叶尔孤白一会儿跟他们俩说说话，一会儿又鼓励鼓励那位老妪要她挺住。叶尔孤白掩饰不住这位老妪一大早绝妙的哭号给他带来的喜悦；这种喜悦使得他拽着苏莱曼·阿塔莱的衣角把他单独拉到一旁在女儿们都听得见的情况下对他说：

主保佑，兄弟，他们开始到我这儿来了！

他指指和那老妪一块儿的另一位老妇人和一个男子，还有他们俩旁边一头呆头呆脑、对旁边的交谈、议论、哭泣和连续不断的狗叫声麻木索然的驴子。

苏莱曼·阿塔莱对他说道：

这是你的机会，叶尔孤白，快治治她吧，兄弟。能治多好治多好，对她和蔼些，温柔细致些，好让她去跟别的人讲。她是你提供悉心服务的亲身感受者，我希望你多用点儿心！

叶尔孤白以一副很明白的神情回答他说：

你说得对，兄弟，她是我的亲身感受者，但我并不急着治她，我应该让她多疼一会儿，好知道我疗治的价值！

那位老妪疼得嗷嗷直叫，不停地抱怨不停地号哭。那哭声使得一旁叶尔孤白的狗、驴子、女儿们，以及旁边的那个男人都烦透了，那个男人不住地说她像个小孩子似的，牙疼除了忍着没有别的办法，疼过一段时间后就不会怎么疼了的。老妇人使劲儿咬着被濡湿衣服的一角，她的脸色已经泛黄，两眼发红，头发从红色金线绑着的黑色头帕下方散露出来。叶尔孤白的女儿们围着她十分同情地安慰着她。茱黛特想把火点着，以便遵照父亲的吩咐为她煎一些绿薄荷和玫瑰叶，梅伊姆奈在父亲的箱子里找一盒鸡纳丸，蒂娜则趴在老妇人跟前，用手擦着她额头和脖颈上的汗珠，她看着她，安慰着她，老妇人不时对她喃喃地说：

亲爱的！

这时梅伊姆奈喊起来：

鸡纳丸，爸爸！

叶尔孤白的身体动起来，苏莱曼·阿塔莱兴奋地招着手：

快，医生，快！

叶尔孤白没有朝号哭着的老妇人走去，没有停止眉毛的挑动，而是搓了搓手，向赛姆阿走过去，为这位老妇人的痛苦造成的对他的疏忽和怠慢表示歉意。赛姆阿对他笑笑，让他去为老人治疗。

叶尔孤白来到老妇人那里，正对着她坐下，正好在女儿蒂娜的旁边。他掰开老人的嘴，老人痛苦地喊道：

已经看我的牙看了有一百遍了，快给我药吃吧，在我死去之前！

叶尔孤白笑着逗她：

牙痛，女士，不会死人的，所以别怕！

绿薄荷和玫瑰汤药还在煎着，叶尔孤白给老人灌了一杯，给了她几粒很大的药丸。老人用颤抖的手指接过来，迅速地吞了下去，然后又一声不响地将杯里的东西喝了，那液体的热量将会把疼痛驱散，只听老人对叶尔孤白喊道：

这是火啊，伙计，我要挺住！

叶尔孤白嘲讽地嘟囔道：

像孩子似的，火火火！

没有过多的客气，叶尔孤白直接告诉老人她可以走了，若腮帮不肿就不用再过来了，并且安慰她说：

药力要过一会儿才会发挥作用，别害怕！

那个男人、老妇人和那头驴子走了，那男人说这辈子都会感谢叶尔孤白。老妇人尽管还很疼，但却没有忘记感谢叶尔孤白。她把浸湿的衣服的一角从口中抽出来，然后对叶尔孤白表达了谢意。叶尔孤白、苏莱曼·阿塔莱和赛姆阿一起吃过早饭在那儿没逗留多久就向榨油坊走去。苏莱曼·阿塔莱要按他与叶尔孤白和建筑师赛姆阿商定好的那样去取他的马车，然后他们一块儿坐着马车到欧布西的采石场去取石料，并把它运到建客栈的地方。三人走的时候叶尔孤白的女儿们用目光鼓舞着他们，并久久地祝福他们顺利和成功。

当叶尔孤白、苏莱曼·阿塔莱和赛姆阿渐渐走远的时候，叶尔孤白的女儿们就年轻的建筑师赛姆阿和其漂亮的棕色皮肤而互相挤眉弄眼地走开干活儿去了。伴着水车和磨坊的嘎吱嘎吱声和桥上来来往往的车马喧嚣，她们将"小炉子"的火点着了，汲来足够多的水，然后再把草席和一些铺盖取出来晾到茅屋前面。茅屋现在变得很有气氛，有自己的事儿，总有一些来访的人，有很多的活儿要干。

在榨油坊，叶尔孤白没想到那位蛀牙的老妇人在他们到达之前就在那里了，将那儿当成是一个休憩的地方，兴致勃勃地谈论着她的牙如何如何地痛，痛得她都变得麻木了，丝毫动弹不得，甚至已经感觉不到头还存在，就好像一部分已经不是她的了，然后又说叶尔孤白医生怎样用很奇异的药草熬的药汤、大粒大粒的鸡纳丸给她治疗，使她的痛苦一点点消失，说他还曾安慰她说腮帮子肿最多一天一夜就会消散的。老人赞许了一番之后，开始扩展出数十个有关叶尔孤白和他医道之熟稔的话题来。说要是他不懂医的话，他就会将牙一下子全都拔出来，她的牙和口腔就会非常地疼，会疼得死去，就像去年死去的那位邻村的男人那样——他在忍着剧痛将一部分牙用线、一部分用钳子全都拔出后，口里大出血，在吐出最后一口气之后就俯首天命，一命呜呼了！

赞美叶尔孤白的话于他之前就到达了榨油坊，因此他到来的时候榨油坊里的一小群人对他表示热烈的欢迎，将老太婆凯玛莱·莎阿班所说的关于他的新闻转述给他听，他的面容顿时舒展开来，开始引众多的例子向人们说明牙疼的痛苦，然后就与建筑师赛姆阿和苏莱曼·阿塔莱一起驾着车到采石场去了。在路上，叶尔孤白附在苏莱曼·阿塔莱的耳边说：

看到了吗，苏莱曼，我真的开始工作了？！

苏莱曼·阿塔莱十分肯定地附和他：

你确实开始了,叶尔孤白。我不是跟你说过吗?!这位老妈妈将会成为你的切身感受者的。

在采石场,叶尔孤白对欧布西对他、苏莱曼·阿塔莱和建筑师赛姆阿的盛情欢迎感到惊奇,他已经在那儿等着他们了。他没有像料想的那样冷冰冰地站着,或是心不在焉地听着他们讲他们的需要,而是邀他们进屋去一起喝口茶。他们诧异地对视了一下,击了击掌,就朝执掌采石场的那间低矮的小屋走去。在屋子里,他们喝着茶的时候,欧布西早早地就阻断了有关取得石料你来我往的交涉、谈判,他只对叶尔孤白说了一句话,这句话使得苏莱曼·阿塔莱事先准备说的许多话都没能出口:

所有采石场的石料都听您的安排,叶尔孤白!

这时大家都停下来,叶尔孤白站了起来吻了吻欧布西,欧布西捋着他那长得像个面包似的脸上的髭加了一句:

说,叶尔孤白需要多少石料,赛姆阿,我好在明天之前备好!

叶尔孤白立马扑到欧布西的胸前去亲吻着他!他的泪落了下来,赶忙用手指悄悄擦去。欧布西和苏莱曼·阿塔莱也拥抱了好一会儿。苏莱曼·阿塔莱非常了解欧布西的执拗,就像清楚他的冷酷一样,因此他对他在一天一夜里就改变了立场感到很奇怪，于是称赞他说：

> 你总是这样，欧布西，是个像小路一样横竖曲直很清楚、成全大家而不绝人之路的男人！

甚至赛姆阿也喃喃地对欧布西说着赞赏和感谢的话。叶尔孤白则一直像个失去至亲的人似的哭哭啼啼、长吁短叹，弄得欧布西说他道：

> 你怎么啦，男子汉?！我对你做什么了害得你要哭?！

叶尔孤白用干枯的手指擦干眼泪，说道：

> 我是喜极而泣！

欧布西又加了一句：

> 石料钱日后再说，你不用着急！

叶尔孤白吃了一惊，他几乎不相信欧布西所说的话，就在这一天的时间里，从一大早开始，这个世界就给了他太多的东西。苏莱曼·阿塔莱也没料到欧布西会对叶尔孤白这么和气、慷慨，他觉得有些吃惊。随后他表示要跟欧布西单独说句话，叶尔孤白和赛姆阿马上明白他们俩要就付款方式问题单独进行磋商。然而事实完全是另外一回事，当苏莱曼·阿塔莱和欧布西单独待在一起的时候，在一堆白色的方形石料

旁边,他问欧布西道:

好了,欧布西,究竟发生了什么事?!

欧布西回答:

事情,是这样的,苏莱曼,今早我独自一人待着,我不是像往常那样醒过来的。我被一位高高瘦瘦、脸色苍白、鼻子又长又高、眼睛很大、头发乱得像蓬杂草一般的老婆婆的声音唤醒的。她把我叫醒,唤着我的名字,我睁开眼睛,她的样子、还有离我这么近,把我着实吓了一大跳。我从未见过她,也不认识她。她站在我头的旁边,拄着一根带着结的长长的棍子,我问她要干什么,她说:"帮帮待会儿就会过来的叶尔孤白。把他想要的石料给他,否则你就会失去你的健康,采石场所有的一切也将毁于一旦!"我不知道我是怎样答应她的,我也不知道为什么我的喉咙会干结了,会忘了问问她是谁?!她从哪儿来的胆量敢干涉我的事儿,敢指挥我要怎么做。她有着一种令人敬畏的威严,让我觉得她不是个凡人,突然降到我身旁来命我帮助叶尔孤白,助他一臂之力。后来老人离开的时候我突然又恢复了胆量,苏莱曼,我又有了说话、交谈、问问题的能力！我像疯了一样跟着她出了门，但却没见到她，我的心里泛起阵阵恐惧和惊慌，我不知道是为何！从她离开到现在，我一直在等叶尔孤白来取石料。相信我，他要是不来的话，我都会去他那儿叫他来拿他要的石料的。我不明白为什么会被这种感觉所控制！

苏莱曼·阿塔莱原本想把昨晚发生的有关同一位老妇人之间的事儿跟欧布西讲讲，但他俩单独待的时间太久了，叶尔孤白和赛姆阿已经高声叫了他们好几次了，所以苏莱曼·阿塔莱只好说了几句话就作罢：

对，欧布西，正如你所说，这位老人不是位凡人，我知道她，昨晚我还遇到了她，她像吓你一样吓坏了我！

这几句话使得欧布西更加害怕了，心里泛出各种各样从未有过的悬念和猜疑。当他们回到叶尔孤白和赛姆阿那儿的时候发现他俩正在谈论石料的数量和颜色，苏莱曼·阿塔莱的车能不能在一天之内就把它都运完。后来话题又扩展到有关建筑、客栈、将来、叶尔孤白的女儿、即将到来的冬季、爱情、助人、欧布西爱好结识陌生人以及他对他与苏莱曼·阿塔莱关系的称道等方面。不久就听到石料落到苏莱曼·阿塔莱车筐底部的声音，苏莱曼·阿塔莱放手让欧布西的工人们完成他们的活儿，将车子装满石料，甚至欧布西自己也像叶尔孤白和苏莱曼·阿塔莱一样动手把石料搬到车里去。看他的样子像是许久没干这种累人的活儿了。

叶尔孤白做梦都没想到，自从他到这里以来那位老妇人对他所做的一切，他只是一件件地摘取她令他心情愉快的一天里的赠予！

第一车建客栈的石料到了没多久，在叶尔孤白客栈地基旁边就堆起一座很高的石料小山丘来，因为欧布西也用上自己的车拉叶尔孤白的石料，就好像逃脱这种责任就是一种罪恶一样。当叶尔孤白看到石料在地基旁边一点点地往高处垒起来，并且占了很大一片地时他大脑都迷糊起来——他还没有跟任何人达成一份会令他睡觉都不会安稳的协议，没有许下任何未来会让他时时感到烦恼的诺言，石料就已经来到了他这儿！

散布在黄瓜地里的农民看到数辆车子在叶尔孤白的客栈和欧布西的采石场之间来来去去，建筑师赛姆阿开始拉紧角线，完成建客栈的第一步。往桥上过的人也目睹了客栈一点点地在建设，他们向赛姆阿和他的工人们频频致意，也祝福叶尔孤白的新家。每每从桥上过、问早安时，叶尔孤白向他们表示感谢，并向他们鞠躬致意。目送他们远去之后他总是会哀伤地摇摇头。苏莱曼·阿塔莱扯了扯他橙色的衬衫，指责他道：

怎么啦，男子汉，让人家走人家的，关注你自己的事儿好了！

叶尔孤白不无伤感地说：

每当我看到他们从桥上来来去去却什么也不付的时候，我的心就像火烧一样，他们可是被普度的啊，兄弟！

苏莱曼·阿塔莱抬眼望过去，见到一群舍马绥奈村村民在砍河边树林里的一些树，叶尔孤白的脸变得忧郁和皱缩起来，他喃喃地说道：

他们也一样，苏莱曼，是被普度的呀！

太阳落下去之前的一会儿，舍马绥奈村、村子周围的一切，桥、桥周围的一切显得十分宁谧，润透着清凉和纯净的空气，人们走的走、回的回，除了河畔林子里传出的喧哗声几乎没什么新奇的。在那儿有一群村民仍在砍树，并按树的长度和大小堆放好，由此传出的噪声被往来于叶尔孤白客栈和欧布西采石场之间的车子抛在了后边。客栈开始显露，从它俯视舍马绥奈村、树林和桥的位置一点点地挺起来。建筑师赛姆阿和他的工人们全力以赴地赶着以最快速度建设客栈，叶尔孤白的女儿在周围为他们供应飘着蒜香的酒。叶尔孤白始终不相信这是在一天之内发生的！苏莱曼·阿塔莱同意到采石场去，欧布西同意给石料，建筑师赛姆阿和他的工人们毫无条件也无须什么磋商就同意马上开工，苏莱曼·阿塔莱在没被要求的情况下在家里为所有人准备吃喝。叶尔孤白原本以为赛姆阿和他的工人们会从他们自己的家里带吃的和喝的过来，就像欧布西采石场里的石匠们一样，因为他在采石场看到每个工人都有一个装食物和水的袋子。当他和苏莱曼·阿塔莱单独待在一起的时候，他对苏莱曼·阿塔莱讲了主在这一天赐予他的所有一切，他说他要以毕生来让主满意，苏莱曼·阿塔莱更加高兴地笑了起来，说道：

如果我告诉你那些林子里的伐木工正砍树准备做你客栈的屋顶，你会怎么样呢，兄弟？

叶尔孤白惊奇地把嘴巴张到最大，两眼流下泪来，身子震动起来，他不知该说什么，把手掌放在眼睛上喃喃地说：

主啊，主啊！

他猛地跪倒在地上，令女儿们、建筑师赛姆阿和他的工人们吃了一惊。

突然，叶尔孤白女儿们叽叽喳喳的低语声越来越大起来，因为她们看到一群村民拿着数段树桩朝着客栈走过来，他们忽高忽低的歌声已经于他们之前传到了这里。苏莱曼·阿塔莱和叶尔孤白赶忙跑过去迎接他们。当赛姆阿和他的工人们正盯着他们看时，他们也正为客栈的活儿能够这么快地完成感到愕然。赛姆阿的目光一直跟随着这些来人的脚步，之后他不住地摇头，疑惑不解地摇着头！

叶尔孤白建客栈的这一天太阳似乎落不下去了！建筑师赛姆阿已经给苏莱曼·阿塔莱和叶尔孤白提过夜里接着干活儿的建议，他已经跟工人们商量过，工人们一致表示同意，因为他们根本就不觉得累，就好像是别人在建客栈而不是他们自己在干似的！这一建议使得叶尔孤白话都说不出来，他将两臂伸到空中，之后又紧紧地抱在胸前，呆立在那里，脸开始长时间地抽搐，双眼的泪水连招呼都没打就如泄洪般流了下来。

突然，叶尔孤白客栈里谈话的声音渐渐低了下来，人们看到几个村里人跟在几头驴子后面、笼在一片朦胧的银光之中向着他们走来，那光是深红色太阳从他们后边照过来的。他们走近后就跟叶尔孤白打招呼，祝贺他来到他们中间。接着就把带来的黄瓜作为礼物送给叶尔孤白和他的女儿们，以及干活儿的工人，礼物还有西瓜、西红柿、辣椒……这些礼物使得建筑师赛姆阿大声说道：

不仅仅只有我们在这里！

　　当夜幕降临的时候，叶尔孤白的家孤孤单单、安安静静，只有帘子透过来一线亮光。而客栈则人声鼎沸，由苏莱曼·阿塔莱那远近闻名的灯照着。苏莱曼只是在榨油坊夜里需要加班的时候才用它来照明！

　　大家建客栈建得如此漂亮！这时，那位瘦高瘦高、头发又稠又白、拄着根带结的长手杖的老妇人出现了。她手里拿着数个玻璃瓶，里边盛着喝的东西。叶尔孤白的女儿们把它们从她手里小心翼翼地取过来，围着它。建筑师赛姆阿看到这位老妇人觉得有些愕然，老人看了苏莱曼·阿塔莱和叶尔孤白一眼。没过一会儿，老人对客栈表示祝贺，大家畅饮起杯里的东西，口中反反复复地念叨着感谢主的话。接着老妇人就如同她突然出现一样又突然消失了。于是客栈又回复到先前人声鼎沸，杂着敲碎石料和将其运到客栈的声音。那客栈完全如叶尔孤白所期望的那样立起来了！

＊　　＊　　＊

旁　　注：

　　就在那漫长的一夜里，建筑师赛姆阿遇见了梅伊姆奈，就在客栈一堵墙的后边，当时他正想完成自己的工作。梅伊姆奈坐在那儿，亦是想干自己的活儿的样子。赛姆阿暗示她自己的存在，姑娘没动，未显出吃惊的样子，也没觉得突然，仍坐在那儿。赛姆阿往后退了一两步,却听到她在叫他的名字让他过去,于是他朝着她直直地走过去。赛姆阿还未及说点儿什么,梅伊姆奈先开了口,说了一些赞赏和令人舒心的话。赛姆阿感觉有些吃惊。他以前见到过她,当时茱黛特和梅伊姆奈两位姑娘十分伤心地看着他,他便走过去用甜蜜的语言抚慰着她们。他对梅伊姆奈的举动感到突然,她抚摩着他的双臂,接着胆子越来越大,摸着他头上和胸部的毛发,接着——她仿佛忘却了自己,将头整个儿地投到他的怀中,用双臂搂着他的腰,赛姆阿感觉到他面前只有她激情的浪涛在澎湃,于是将她拥到他强壮的胸膛、粗壮的两臂间。梅伊姆奈感觉到他男性的阳刚,与他浑然一体了。他开始吻她,压挤着她好一会儿,害怕暴露在别人面前。他几乎要把她融化,她几乎要融化在他的怀里。就像她的主动让他感到很突然一样,她猛地挣脱他的怀抱,像一只逃跑的羚羊一般离去了。赛姆阿回去重新开始他的工作,双眼焦渴地盯着她,心里盼望着在夜逝去以前能再次与她如此地处在一起。

* * *

小细节：

建筑师赛姆阿知道那一晚所享的甜美并不是与梅伊姆奈一个人，而是和两位姐妹营造出的。多少回他丢下石料去与她们中的一个幽会，又有多少次他返回到石料那儿继续他的建筑工作。他当时并不知道那迅速而火热的拥抱不过是他的报酬而已！

另一个细节：

当然，建筑师赛姆阿不会知道他的三个工人也一样，在远离他视线的地方得到了他所得到的东西。他们心荡神移，消失在从未体味过的甜蜜之中！

* * *

补　遗：

甚至苏莱曼·阿塔莱，也从带着黑面纱的莱黛特那里得到了令人陶醉的独处。她拥抱苏莱曼·阿塔莱，老人像获重生再造、像他所向往那样地颤抖着。他认为这是这个吉祥的夜里他唯一的收获！他对莱黛特许诺了许多,她则准许他抚摩她的胸、脸颊和白嫩的大腿。在茱黛特用她的体温在苏莱曼·阿塔莱身上播撒下甜蜜的种子,用娇嗔埋下欲望之后,苏莱曼·阿塔莱向她保证终生都要履行他的誓言,尽一切所能帮助她的父亲!

第十卷 火 焰

  我努力想把书的每一页完整地呈现给读者，但还是有模糊不清的地方。在书头页脚的边缘部分老是会被水浸渍，我也不知道这些水是从什么地方来的，它把书弄得绿的绿、黑的黑，弄得一些字词湮失不见。但我保证每一页剩下的中间部分的每一行都是清楚的，它讲述了关于叶尔孤白在老妇人帮助、苏莱曼·阿塔莱钱财资助下献出的羊。烤肉的香气升到天上，升到大气中，甚至投散到整个区域。没有任何人吃那烤羊肉，老妇人没吃，叶尔孤白、苏莱曼·阿塔莱、建筑师赛姆阿和他的工人，还有叶尔孤白的女儿们都没吃。羊肉在炽烈的火焰烘烤下散发着一股香气，那火是大家在老妇人的帮助之下点燃的。

  在中间这几行，还讲到两位爱人，一个在垂泣，另一个如死去一般僵然。前者是个青年，后者是位姑娘。在青年与他的爱人一起度过的最后一个不眠之夜里，他的手指偶然触到她脚踝上突起的部分，于是他便用手指抚摩着她的身体，就像是做最后的道别。没想到那突起裂开来，他看到在她爱人的脚踝里有被照亮的长长的梯子，于是他走了进去。就这样，小路引导着他来到一座高高的白色宫殿那儿，一条大狗守卫着它，面前大狗的口水像河流一般地流着……

（文字中断了！）

就这样，中间几行讲述着两位爱人的美丽和他们之间的爱，青年从他爱人的脚踝里旅行出来——那旅行消除了她被施的魔术，这魔术使得她陷于恍恍惚惚中许久，接着……（文字中断了）

让我们到述及叶尔孤白客栈的辉煌的那几行文字去。那客栈挺起来了，有起居室、牲口圈、长长的梯子、篱笆和小径。叶尔孤白也有了一个石屋子而不再是两间用苇秆搭建的家。苏莱曼·阿塔莱一直帮着叶尔孤白，他和叶尔孤白以及他的女儿们住在一起。茱黛特已经嫁给了他，但拒绝住到他离此很远、四面封闭的家中去，她和他就住在父亲的屋子旁边，然后语句断了！

很遗憾，该书的页数很多，每一页也很长，所有都被水和黑墨水以及墨绿色腐臭了的水给毁了！

我发现有些行我还能够读出来，这些断章我全部转录如下：

茱黛特第二次单独走进苏莱曼·阿塔莱的家时，竭力抑制着内心的恐惧。第一次走进这个家是和父亲一起，那时叶尔孤白结识了苏莱曼·阿塔莱。当时她在那个家里看到了蜘蛛网、发霉的饼、植物的枯枝败叶、有气味的残断的肥皂、一堆堆被灼热的阳光烤干了的橄榄、由于冬季的来临被丢弃不穿的鞋子、一张张没加工过发出刺鼻气味的牲口皮、一堆同样发散着腐臭的骨头，还有灰尘四处飞散的烤大饼的炉子。

那时她感觉自己像是置身于一个坑道、一个坟墓或是一个猛兽生活的洞穴里而不是人居住的地方。牛屎羊粪、鸽子以及各种鸟类的排泄物到处都是。

当时她瞅着这种情形、考虑到自己将要建筑在此基础之上的未来,她的心收得紧紧的,恨不得马上就逃出去。她一看到床单、枕头、垫子、帘幕、桌布和罩子晦暗的颜色,心里就很不舒服,恨不得吐出来。

苏莱曼·阿塔莱心里感觉到了她的感受,于是开始安慰她,向她解释说这种混乱是一个男人的家里所需要的。所有的一切都是死物。幸福的家是常住着令人称心如意的妻子的气息、孩子的喧闹和他们快乐的存在的。

(话语在这儿中断,湮去)

她脱下她宽大的蓝色外罩衣,只穿着短小打褶的白色内衣,腰胁处系了条长长的头巾。她白嫩的腿露了出来,她开始取下床单、衣服和罩子,开始掸灰尘、擦地。苏莱曼·阿塔莱每每和她撞到一起就极力想去触摸她、挑逗她、拥抱她。他为她抬水,向往着她会变成这个家的女主人、女皇,成为他灵魂的领主。

(话断了……)

茱黛特是一直到苏莱曼·阿塔莱从一个木制镶贝的大匣子里取出一个小小的空的布袋子——布袋子的口是用线拴住的，并把它挂在她的脖子上，开始向里边投钱币以至她的耳畔满是钱币诱人婉耳的美妙声音时才变得对苏莱曼·阿塔莱温顺起来的。那一刻，她对他微笑着，把头靠在他的脖颈那儿，在她眼里，他的脖子不再是红通通、皱缩着的了，她将自己润滑的脸颊贴到他的右嘴角，她已感觉不到那儿如泉源一般汩汩流淌、还总闪烁着光泽的口水那湿漉漉的感觉了！

（话语又断了！）

　　苏莱曼·阿塔莱给予茱黛特未曾料想到的温柔和甜美。他在她面前是个很特别的男人，能营造出某种活力，哪怕那只是简简单单、很小的一点儿！他是个能够耕种如他身材般大小的一块儿田地的男人！

（话语在这儿再次断了！）

　　该书最后几页破损相当严重，但令人吃惊的是有两页竟然完整地逃脱了这种厄运。我把这两页完完全全转录如下，但这两页实际上离得很远。

客栈从建起来的那天起，就成了该地的一个门面。建筑师赛姆阿和他的工人、叶尔孤白，还有苏莱曼·阿塔莱朝着那伏在芦苇、莎草丛中，凌于菩提、黑莓、鸡纳、笃耨香和稻子豆树之间的桥走去。

靠近桥之后，他们开始挖一个大坑来埋一根很大的石柱，以便桥的东翼能倚靠着它，这样一来，桥的西翼是稳定的了，不会跟着东边活动。他们还要把这桥的东边拴一条绳子，只让那些付了费或是讨叶尔孤白喜欢的人从桥上通过——他们只要一拉紧绳子，桥的东端就降低了，稳在那巨大的石柱上边。行人便可以从桥上经过。之后，桥的东端又升起来，悬在半空，只有付过费以后它才会再次落下来。

没过几个时辰坑就挖好了，巨大而稳固的石柱立了起来，立在坑里，在植物和葱郁茂盛的树丛中。桥的东端也悬在了空中，由一根粗糙的绳子系着；桥的东端一飞起来，叶尔孤白的心情也即刻快乐地飞腾起来！

叶尔孤白的女儿在客栈旁边以及客栈里头度过的那一夜，赛姆阿和他的工人们在建客栈，而拉哈蒙则在四处找寻三位姑娘。他白天像只饥饿的野兽一般在叶尔孤白家附近转悠，在泉源边、树下、林子里久久地找寻，他靠近叶尔孤白家呼唤着她们；他也来到客栈周围，企图能遇到她们其中的一个，但每次都失败了。他离她们很远，她们同样离他很远。

后来拉哈蒙鼓足了勇气，来到叶尔孤白的客栈近旁，他大声地呼唤，叶尔孤白走了出来，后来又带着拉哈蒙回到客栈里去，拉哈蒙惶恐、紧张而焦渴地看着叶尔孤白的女儿们，没有任何开场白地说道：

"祝贺你，叶尔孤白！"

接着他就像被直苗苗的火焰烧着似的走了！

* * *

旁 注：

在远离叶尔孤白那宫殿一般的客栈的荆棘丛中，在尘土和石块的近旁有一座小小的孤坟，用白色的墨水装点着。它是建筑师赛姆阿的一个工人的坟冢。当时大家正在用草盖客栈的屋顶，他从客栈的二层头先着地摔了下来，从那时起，这个地方的名字就变成了客栈坟！

* * *

小细节：

叶尔孤白和人们之间发生过多次争吵，但不是在客栈里。（因为客栈里面一直空空如也，没有一个进到里边去住，它一直只是一幢美丽的、不会使任何人不高兴的建筑）这些争吵发生在桥旁。人们在那儿表示抗议，多次强行要求叶尔孤白把悬在空中的桥放下来，他们是不会支付任何费用的。叶尔孤白被迫同意。他对目睹他的挫败和他生活在一起的女儿们说："天长日久，人们会为这费用做出补偿的。他们在过桥之前就会自觉地将要付的钱准备好。时间会证明的！"

事实是人们直到很久以后，在苏莱曼·阿塔莱和一个曾隐匿到山里去的逃逸者的帮助之下才习惯付费的。那人品尝了叶尔孤白女儿唾液的滋味，因而答应做桥的卫士和桥升降活动的听差。他变得很凶恶，即使是老虎，没付费也甭想过桥。这使得叶尔孤白和他的女儿们都感到很惊讶，于是叶尔孤白对他说道："阿斯曼，你是来援助我的！"

阿斯曼是个脑子里缺水，或者说有头但没脑，再或者是个在别人面前显得身强体壮、头很大、声音铿锵得要割破人心脉的人。他确实无论在白天、黑夜都令人害怕，但事实上在夜里要让人恐怖得多。

在他和叶尔孤白以及叶尔孤白女儿共处的日子里,尽管和他们朝夕相处,但他从不知道什么是温柔。

现在,有了阿斯曼,还有苏莱曼·阿塔莱的支持,那座桥就有了威信、有了地位、有了卫士,同时也有了保障!

* * *

补 遗:

叶尔孤白宽敞的石屋子、苏莱曼·阿塔莱和茱黛特亦很宽敞的石屋,还有紧挨桥东侧的阿斯曼的屋子组合在一起成为这个地方的一个新网络,一个相对独立的网络,所缺的只是和周围房子、环境之间的亲和、协调感。例如阿斯曼的屋子就是一个意味着恐惧、残酷、隐秘和绝对独立的地方,没人想靠近它或是进入到里边去。它只是个凶暴之地,或者说是封锁和折磨人的地方;一个进去的人不知道何时能出来、整个屋子被神秘和异常凶恶的面孔所围绕的地方!

第十一卷　大拿叶尔孤白

叶尔孤白没想到他会在客栈里忙碌一整天——他医治生病的动物，给马和骡子钉掌，治蛀牙，给孩子割包皮——尤其现在是春季，剪羊毛，还给那些不育的男男女女看病。此外，他还剪发，治烂疮、癣和脱发，甚至还懂放血！

在舍马绥奈村和附近村庄的村民面前他俨然是个熟稔医术、动物之道、生育和写符咒的人！有多少妇女在他的客栈里脱光了让他诊断为何不孕，又有多少不幸不能生育的男子在抱怨和责骂。他也一边咒骂着一边开出方子来；结交的方子，指定结交的时间。在那个还没有旅行者带着马儿来下榻的客栈中，做马夫的拉哈蒙同那些被脱光了的妇女不知行过多少次房！事实是一旦拉哈蒙为那些为着叶尔孤白远道而来的妇女提供所谓马夫的服务，她们就会带着孕身或是自己的婴儿欢欢喜喜地回去，这无疑有助于证实叶尔孤白超凡的能力，因此在声名远播之后叶尔孤白的名字也变成了大拿叶尔孤白！

叶尔孤白看到所有女性之美在他面前展露无遗时，他就会很激动，会发火，怒气冲冲……好似座座狂野的森林静静地、轻柔地、一点点地曝出它的美。宇宙的光彩与美好、梦幻般的甜美景观、它的神秘与玄妙、它的火热与激情、它的柔媚与鲜润欲滴、它的纯真与初美、它的鲜嫩与瑰丽……所有这一切白日里都铺展在叶尔孤白面前。他看着那些女子到他这儿来，希冀能为自己留下后代，这后代也会令没有性交能力的丈夫感到无比的幸福。第一次来到他这儿的女子总是会对他的各种要求提出指责，（她们面容一沉，提高嗓门责骂导致他来干这折磨人的行当的霉运）慢慢地，一开始她们中的每一个都会提出很多希望，希望叶尔孤白不要脱她们的衣服，隔得远远地给她们治疗，不要触摸她们或是靠近她们。叶尔孤白鼻头都沁出了汗珠，口水也顺着梳理过的胡子蜿蜒曲折地流了出来。叶尔孤白开始咒骂、捶打自己，让妇女们不用治病了，若不愿待在他那儿的话马上出去。女人们一开始总是会很执拗，那么她们有什么样的特点、如何令他满意的?! 他又是怎样使她们肚子又能生了的呢?! 而且她们将怎样紧紧地抓住这美好的数日，温柔地将它们揪牢的呢?! 就在那时，女人们开始有新的想法，她们请叶尔孤白原谅，乞求他的友好，凑近他的耳畔一次又一次地说她们将听从他一切的指令，照他所有的指示去做。他对她们不以为然，就好像她们根本不存在一样，只嘟囔着无甚意义的话走开了。他自顾忙着写写画画一些交错的字母和图形、填装一瓶瓶的药、将水混合成各种颜色，或是将白色的布剪成面积相等的小块儿。要是女人们靠近他，摇着他哀求他，他毫不理会，再次命她们离开，说客栈外还有别的人在等着他，他希望主能饶恕他，为他说说情，开导开导那些人，让他们原谅他，他好丢开这份只会给心灵带来痛苦、留下折磨和噩梦的工作。女儿们挨近他，乞求他，接着抚摩他，拥抱他，再就是吻他，用指端擦去他鼻尖的汗珠，以及嘴角一闪一闪的口水。但叶尔孤白是在很久以后、在提醒她们他所有的指令都要不容商议地去照着办，即使是把她们的眼睛挖出来也是如此——他是医生，他懂得该怎么做时才平静下来。然后……就开始了暴露式的检查，太阳都未曾见过的女性之美被展露出来，至今配偶都没看到过、以后即使一起生活一百年也未必能见到的那部分躯体被暴露出来。妇女们对那部分遮遮掩掩，但也仅是如太阳被乌鸦遮住一般。女人们完完全全暴露，暴露得有些过分了。叶尔孤白一副熟视无睹的样子，就好像女人们没有赤身裸体或是暴露出身体一样。面对那白皙的躯体，带着欲望和冲动的他却仿似一块儿没有生命和感觉的土疙瘩。接着，他开始抚摩她们的身体，对其审视上一番，他将她们的躯体打开又合上。许多妇女在他面前展示过她们的迷人和美妙之处……她们仅仅是有时用手有时用一块儿布遮住自己的眼睛。她们对当时的情况和医生的命令听之任之，他按自己的想法行事，何时想进入到妇女们的身体就何时进，什么时候想说话就什么时候说。但在更多情况下，她们看着他以泪洗面，每一个都认为他与星宿、超自然力的沟通是他哭泣的原因，而事实上叶尔孤白是哭展现在他面前的这无尽的美，他所不能够拥有的美。

很多次他遣回那些由男人陪着来的女子，对她们说小路被男人的脚步给败坏了。女人们会像放飞的小鸟一般再回来，一个接一个地躺在客栈那间专门的屋子里的叶尔孤白那低贱的床垫上。

妇女们对他的本性、言谈举止，他的触摸、眼泪和感伤已经习以为常。

于她们而言，重要的是：孩子才是第一位的，其次才是对婚姻的热衷。大拿叶尔孤白这些人"层出不穷"。

* * *

旁　注：

多少次叶尔孤白都想自己来承担拉哈蒙

的工作,但却做不了,他承认他所有的能力都在敛财上边,类似这样的工作只适合于拉哈蒙这样的人。即便如此,有好多次,欲望仍肆意地向他进攻,他就像一头被阉割了的公牛那般躁动,但却毫无办法!

* * *

小细节:

叶尔孤白的女儿——茱黛特、梅伊姆奈和蒂娜都明白客栈里发生的一切,她们只想得到的乐趣能持久,只要钱财能源源不断地流进来——时而是通过担惊受怕,时而是通过新的声名,她们就心满意足了!

* * *

补　遗:

拉哈蒙从来没令人失望过。他默不作声地痛饮着每日泄诸情欲的欢愉,既不嚣张、喧喧嚷嚷,也不装腔作势,他只拿取他的报酬,而那报酬在别的夜晚转眼又进了叶尔孤白女儿们的钱袋或是上了锁的箱子,而她们则让拉哈蒙得到唯有在她们那儿才能得到的东西!

最后的补遗：

在拉哈蒙由于某些说不出来的理由（顺便说一句，拉哈蒙是想从那种悲惨而不幸的工作中解脱出来才莫名地消失的）而不见时，叶尔孤白也未曾被迫把阿斯曼找来过。叶尔孤白借口该天的时辰和星相不适于工作，推迟了和男人女人们会面的时间，大家信服了他。事实上人们被掌控在一个兼通多种疾病治疗法、知晓生育和阴阳八卦，懂得星相的运动和它的作用的专家手中，因此人们是非常容易信服的！

第十二卷　叶尔孤白之死

这本书有七十页——除了其中有不多的几行清楚地表明叶尔孤白死在客栈以外,都是读不了的。这几行说叶尔孤白是被村里的一个男子毫不留情地用石块砸破头致死的。那男人偶然走进客栈的一间屋子,发现叶尔孤白光着身子待在他赤身裸体的妻子旁边。接下来的几行尽管不是很清楚,但显示出叶尔孤白每每单独跟这男人的妻子在一起的时候,当着他妻子的面对这个失去理智的男人非常粗暴无礼。一开始时叶尔孤白是为那男人治病,后来他把那男人送出去后返回来医治他的妻子。叶尔孤白好几次企图让他们俩中的一个回村里去,只留下一个在他那里,但由于某些原因没有成功,这些原因令他感到很满意,本书开始的几行对此做过交代。那几行被墨水浸渍了,而这几行则幸免,因而是可读的。

叶尔孤白对那个身材高大、面庞很宽、胡子浓密的男人倍加非难,那男人对他一次又一次的凌辱忍气吞声。好几次叶尔孤白粗暴无礼地中伤那男人说他快咽气了,脊梁骨空荡荡的,没有一丝活气。他说他要治疗他妻子的不育,以便有足够的时间交往,这样才会有孩子的降生。叶尔孤白将那男人抛在身后,进了正对着他的一间屋子,在屋子里他唤那男人美貌的妻子进到就位于男人身后的屋子里去。男人愤然,哀哀地哭号着他那不济的运气,在暴露出自己在医生面前的无能为力之后,他已失却神志,盲目地用力推开后门,闯了进去,突然出现在自己赤身裸体的妻子面前,妻子一旁是同样光着身子的叶尔孤白。叶尔孤白指指他身体的一些部位,又指指那女子,边指嘴里还嘟嘟嚷嚷着些什么。那女子点头附和着叶尔孤白。当女人看到自己丈夫出现在她眼前时,急忙用手去掩自己的身体,接着又用扔在一旁的衣服去遮。叶尔孤白看到那男人,遂发起火来。他朝他又是呵斥又是谩骂。男人张皇失措,他看着眼前的一切,他不知道是怎样捡起一块儿很大的石头狠狠地砸向叶尔孤白的脑袋,让其应着女人的尖叫和男人自己的叫喊、伴着女人全然暴露的躯体和男人渐渐稳住了的怒火于瞬间开了花的。

在意识到叶尔孤白已经一命呜呼之后,男人稳步走上前来砸自己不会生育的妻子的脑袋。他一下又一下,就像在完成什么必定要履行的使命。接着他抬起两具全裸的躯体,在叶尔孤白女儿们的尖叫、号哭和惊厥声中,在一片喧哗声和各种各样的响动中,在那些坐在客栈前面等着轮到自己去让叶尔孤白医生看病村民的惊诧中,把他们抛到了河里。男人抬着两具血淋淋的尸体冲出来,样子十分恐怖,显出非人的荒蛮,他的尖叫、喧嚣和咆哮吓坏了其他人,人们靠近他,只见他凶相毕露,现出真正的兽性!在河边,他将两具尸体投进水里,然后用手上的血洗了洗手,就好像什么都没有发生似的,他也未曾注意到阿斯曼出了门胸有成竹地朝他走来,最后将他溺死在河里。阿斯曼将他一直按在水下直到他的灵魂出窍。他似乎是向阿斯曼的蛮力屈服了,又或者在干了该干的之后,向死亡、向所期望的歇息低下了头。

隔了数页我们可以读到:

叶尔孤白、女人和她的丈夫被埋在客栈

坟里，因为男人和他妻子村里的人拒绝接受他俩和把他们葬在本村的要求！

　　话语在这里中断了，不幸的是，我们没有发现什么页眉页脚、细节或是补遗之类的东西，书腐烂发霉得很厉害。但我想那字迹逐渐褪去的一行行描述出了弥散在这个地方的忧伤，叶尔孤白女儿们的悲痛欲绝，以及她们对坟墓周围气氛的感染。在恸哭和哀伤中度过了数日之后，坟墓周围的活动及其他的影响逐渐消失匿迹……叶尔孤白死了，那曾为姑娘们围卷起许多荆棘和没结多少果实的篱笆也不见了，然而却必然有别的东西来取代它，如果说花园必定要有围栏的话！

第十三卷 胎 儿

叶尔孤白的死给他的女儿、给这个崭新的地方画上了一道清晰的分界线。女儿们开始在客栈里构筑各自的计划和对生活的憧憬。她们白日里在客栈忙碌，夜晚一样在客栈操持着，但不是给孩子割包皮、治蛀牙、钉马掌或是治不育，而是忙着给一批批白天到客栈来吃喝休闲，夜晚到客栈来同女人消遣的顾客提供服务。

姑娘们各自有自己的箱子、袋子，各自有自己的计划。她们只在夜里特定的时间碰头，丢下客栈和客栈里的客人，在水车的喧嚣和流水的哗哗中，伴着动物若隐若现的鸣叫和夜的阴森恐怖，一起来到坟墓前。她们到这儿来不是来祈求父亲的宽恕，也不是来宽恕父亲，而是来哭她们的孩子：那些未能出世的胎儿，那些她们互相帮助着使其流产掉的胎儿。

她们中谁要是肚子鼓起来了，就会逃到其他两个姐妹那儿去，让她们帮她把腹中孕育着的东西拿掉！另两个姐妹为了帮助这个姐妹，用尽了一切办法，包括用一捆破布、拴着破布头的石子敲她的背和肚子，以便让她吞下煤块，或让她从很高的地方跳下来，再就是拽着她的腋窝把她拼命地往下搡，直到胎儿堕下来为止，然后，在一片撕心裂肺的幽咽低泣中将其拿到那座坟里去埋了。

她们惊惧地在坟墓四周狂奔,默不作声地在心里为她们那从没有在桥上欢蹦乱跳、在宽敞翠绿的狗牙根草坪上玩耍、扑到她们的怀里、采摘着花朵、用泥把手弄得一团脏、聆听母亲的歌唱、看着母亲爱抚和愠怒的模样,没有享受过母亲用歌声轻抚着、在安适的床上入眠的孩子们哭泣,也为她们虚无缥缈的未来而垂泪!

姑娘们曾经是对孩子没什么兴趣的,即使茱黛特了解苏莱曼·阿塔莱剩下的日子已不多,也未曾想到过要给他生个带着他苏莱曼·阿塔莱姓氏的孩子,好以母亲的名义取得他的财产。她是她们中流产得最快的,她怀上孩子的时候就带着胎儿一起使劲儿地蹦,让孩子堕下来,或者让她的两个妹妹拽着她的手臂往上拉,自己则将身体拼命往下够,直到一团血肉模糊、饱浸泪水的胎儿堕下地来。

她们也曾想爱惜自己那令许多男人销魂、让他们从很远地方赶来的躯体的美好——男人们在听到她们远播的声名、了解到她们迷人的万种风情和对男人的种种要求从不搪塞之后,一次又一次地来到这里发泄他们炽烈燃烧的欲火,与她们说着缠绵的情话,将日子里最美好的时刻、面庞最光彩的状态给了她们。

随着时间的推移,叶尔孤白的女儿们成了那些在大多数时候是反叛者、劫匪和罪犯的情人,他们能够占有她们的身体却不付一文。他们强迫姑娘们通宵达旦地陪伴他们,姑娘们一开始并不是极其容易地就屈服了的,她们准备了异常凶暴的守护者。天长日久,客栈成了权势、霸力的居所,让姑娘们体味了路途的艰险和阴霾。于是她们对于生活的美好渴望日渐惨淡,她们放纵自己的身体,炫耀着自己勾魂夺魄的美,暴露出媚人的躯体,那众所周知、已然暴露过无数次的躯体。姑娘们不再拒绝任何对她们身体情趣的要求,她们就像是喝酒上了瘾的人,在任何时间、任何地点、任何可能的情况下都会提出这方面的要求。她们会站着，或是在厨房、梯子旁、门后、肮脏的地板上，再就是毯子上、窗户下方、河畔和水里将自己的身体交给男人们，她们不在乎谁会看到、嚼舌或是在她们失去了那道藩篱后会说些什么。

姑娘们在暴敛了巨大的情欲享受和声色欲望、放弃了生孩子和建立起家庭的想法之后，在时间匆匆流逝而她们却未曾选中一个适意的情郎之后，只专注于挣钱和累聚钱财。

她们知道生活还得继续，而工作能招来钱财。她们心灰意冷、麻木地工作着，忍受着同那些如同野兽一般贪婪的男人交往。对于每一天的白天和夜里的各个时间将会有什么样的事情发生，她们都一清二楚。清楚她们的一部分钱会被偷，清楚有部分反对者正在处心积虑地、默不作声地建立他们自己的王国。

见到过她们的人可能会对深爱她们的人讲的许多小故事感到诧异——这些小故事讲到她们媚人的美、在她们身边生活的甜美滋味，讲到她们的温柔、仪态的轻盈敏捷，还有她们所带来的令人难以忘怀的享受。

人们会对所有这一切感到吃惊，因为美丽已经渺无残迹，背也驼了，所有一切记忆、享乐、一个名叫叶尔孤白的男人的三个女儿的躯体所带来的一个个亲昵美好的夜晚也已经烟消云散、枯萎凋谢。然而，关于她们曾经如何美丽动人、关于她们的许多秘密的言谈仍然像旷野上的马匹或是高阔的天空中无拘无束的云朵那样在四处游散……不管曾经发生过什么，又改变了什么，她们都曾在桥旁住过，而那桥的名字也从此被称作叶尔孤白女儿桥！

* * *

旁　注：

　　客栈附近的坟墓，那曾距离客栈很远的坟墓，在无数个白天黑夜里客栈的客人们为占有叶尔孤白女儿而相互争风吃醋、格斗厮杀过后，被一座座冒出来的坟冢所填满。客栈的墙壁污上了血渍，就像那座桥的桥面和桥栏都被那个人们要是不交过桥费就对其大加威吓的阿斯曼的血所污一样。

　　阿斯曼不是被村里某个人杀死的，而是滥饮而死。他死的那天夜里，天气异常寒冷，他喝了很多，已经分不清路面和波光粼粼的水面。他喝着喝着喝到河底去了，就好像有一只无形的手把他引到他终极的愿望那里！之后，村民们赶来，将桥的东翼固定在那个大柱子上，推倒阿斯曼的房子，将桥恢复到叶尔孤白和他女儿还没来时的状态。他们在阿斯曼的屋里发现了很多钱、武器、锄头、斧子和各种各样颜色的食品！

＊　　＊　　＊

小细节：

　　在那些漫长的纵情享乐的夜里，那位又

高又瘦的老妇人总是不时地出现，庆贺她们所做的一切。姑娘们把她的满意化为继续放纵声色、敛取享受的新的动力，并以此来积聚钱财——钱财的一半被那位在冥冥中佑护着她们的老妇人所取走！

* * *

补 遗：

所有的一切就像梦幻，或是一场长长的梦魇。梦总是有趣味又忧惧的。梦又好似既珍贵又廉价的星相家，一个什么都知道的星相家。然而除了那黑色的石头、坟墓、留在蜿蜒小道上的足印外，它似乎再没给我们留下什么。它没有排斥舍马绥奈村村民在河边、平原上、山谷里，伴着牲口、土地、水车和榨油坊继续生活，似乎所发生的一切并没有令他们感到恐慌和忧惧，或者说，就好像一切根本就未曾发生过一样！

图书在版编目（CIP）数据

女儿桥/（巴勒）哈桑·哈米德著；林丰民，陈春霞译.--北京：华文出版社，2018.10

ISBN 978-7-5075-4978-2

Ⅰ.①女… Ⅱ.①哈… ②林… ③陈… Ⅲ.①中篇小说-巴勒斯坦-现代 Ⅳ.①I381.45

中国版本图书馆CIP数据核字（2018）第222231号

女儿桥
NÜ'ER QIAO

作　　者：	〔巴勒斯坦〕哈桑·哈米德
译　　者：	林丰民　陈春霞
策　　划：	杨　平
责任编辑：	胡慧华　南　洋
特邀编辑：	王　秀
出版发行：	华文出版社
社　　址：	北京市西城区广外大街305号8区2号楼
邮政编码：	100055
网　　址：	http://www.hwcbs.com.cn
电子信箱：	silkroadlibrary@qq.com
电　　话：	总编室 010-58336239　发行部 010-58336267
	责任编辑 010-58336197
经　　销：	新华书店
印　　刷：	北京画中画印刷有限公司
开　　本：	710×1000　1/16
印　　张：	16.5
字　　数：	120千字
版　　次：	2018年10月第1版
印　　次：	2018年10月第1次印刷
标准书号：	ISBN 978-7-5075-4978-2
定　　价：	48.00元

版权所有，侵权必究